北京学丛书·纪实系列　　张妙弟　主编

北京人

王海滨　著

北京燕山出版社
BEIJING YANSHAN PRESS

图书在版编目（CIP）数据

北京人 / 王海滨著. — 北京 ：北京燕山出版社，
2020.12

（北京学丛书 / 张妙弟主编 . 纪实系列）

ISBN 978-7-5402-5750-7

Ⅰ . ①北… Ⅱ . ①王… Ⅲ . ①访问记—作品集—中国
—当代 Ⅳ.①I253

中国版本图书馆CIP数据核字（2020）第088321号

北京人

著　　者：王海滨

责任编辑：邓　京

设　　计：张　莹

出版发行：北京燕山出版社有限公司

社　　址：北京市丰台区东铁匠营苇子坑 138 号

邮　　码：100079

电话传真：86-10-65240430（总编室）

印　　刷：天津创先河普业印刷有限公司

成品尺寸：170mm×230mm

字　　数：200 千字

印　　张：13.5

版　　别：2020 年 12 月第 1 版

印　　次：2020 年 12 月第 1 次印刷

ISBN 978-7-5402-5750-7

定　　价：49.00 元

为时代而歌

王宗仁

　　我是在《北京纪事》那本杂志上第一次读到王海滨的文章。那是一篇纪实散文，文章不长，文字很朴实，讲述的人物也很普通，是早年跟随丈夫从山东老家来北京定居的一位家庭妇女，也就是作者的姨奶奶，她没有文化，一生没有惊天动地的壮举，平凡而普通。但是，读罢文章，我感动不已。俗话说，诗以言志，文以载道。一个故事可以历久弥新，往往不是因为其辞藻华丽，而是因为其蕴含的道理发人深思。《北京亲戚》中的人物虽小但是有魂：漂泊异乡不能归家的她对故土、对家人情意单纯却炽热，对国家的情感朴素却浓烈，这个魂恰好就是北京精神中的"包容""厚德"。

　　其实，不仅仅是这一篇文章，收录到这本书中的其他文章，也都是如此。这些文字有讲述大家都熟悉的表演艺术家、导演艺术家和当红影视演员的，也有讲述普通如保安、出租司机、外国留学生、外地来京打工者、社区居委会大妈、手工艺者、中学老师、电影学院教授、基层公务员、诗人等平凡小人物的。从行文中可以看出作者和他们都曾有亲密接触，在讲述他们的故事的时候，作者没有停留在事件表层，更没有刻意迎合大众的关注，而是滴水见太阳地捕捉细微，把情和理融合起来，以小见大地去刻画这些人物的精神世界。这些人物生活在北京文化中，讲好他们的故事，也就弘扬了"北京人"行为背后的文化底蕴和内涵，进而也就树立了践行社会主义核心价值观的典型案例。

　　书中还收录了作者近几年来发表的一些与北京相关的散文和随笔，这些文字都是作者真情实感的流露，而且字里行间都能给人以触动，都是正确价值观的体现。作者没有说教，更没有呐喊，只是从内心出发，从自己做起，阐释了当下作为一名媒体人应有的精神风貌，从一个侧面呈现了"中国精神"的深刻理念。

文艺工作者要讲好中国故事、传播好中国声音、阐发中国精神、展现中国风貌，让广大民众通过欣赏中国作家、艺术家的作品来深化对中国的认识，增进对中国的了解。我认为身为媒体人的王海滨做到了这一点。

话语的背后是思想，是"道"。不要为了讲故事而讲故事，要把"道"贯通于故事之中，要加强对外话语体系建设，用中国理论阐释中国实践，用中国实践升华中国理论，更加鲜明地展现中国思想，更加响亮地提出中国主张。我认为，王海滨的文字也具备了这样的特点和功能。

注：王宗仁，中国散文学会副会长兼秘书长。

目录

第三章　北京心语

第一章

北京普通人

北京亲戚

北京亲戚是奶奶的三妹，我的姨奶奶。

20世纪50年代初，姨奶奶跟随姨爷爷来到北京，姨爷爷在原北京酿造厂当搬运工人，姨奶奶在街道办工厂里制作戏衣。老两口没有多少文化，三个女儿也都没读到大学。

三十多年前，父母带着我和姐姐来北京玩，我第一次走进姨奶奶家。那时候他们住在宣武区槐柏树街，里外两间加起来也就是四十多平米，三个女儿住里间，我们一家四口和姨奶奶老两口住外间，住了大概一星期，现在都想不起来当时是怎么住的。只模糊记得，姨奶奶做的面条与众不同：红萝卜、绿黄瓜，都切得细细的，码在面上，配上喷香的炸酱，色味俱佳，让我大饱口福；另外，还记得姨奶奶家的房屋青砖青瓦，非常高大。我第一次出来上公共厕所，居然找不到回家的路了，哇哇大哭，后来是被一位胖邻居阿姨给送回去的。

从那以后，我每次到京，都是在姨奶奶家落脚，白天四处疯玩，晚上回去往往都很晚，但无论多晚姨爷爷和姨奶奶都等着我。我一进门，姨爷爷就让姨奶奶给我下碗面条，然后端来早已炸好的满是肉丁的炸酱，笑眯眯地瞅着我吃，问我这一天都去了哪里，明天计划去哪里，并告诉我第二天的路线怎么走最近最省力，等等。等我吃完了，姨爷爷还坚持让我用热水泡泡脚，说这样可以解乏……那样的夜晚，现在想来都异常温馨。

其实，姨奶奶家不仅仅是我们一家人的落脚点，姨爷爷在老家的三个兄弟，姨奶奶在老家的四个兄妹，以及这些亲戚们的亲戚，凡是到北京都去她家落脚。如此

石鼓

算来，一年到头，姨奶奶家好像客流不断。老家的亲戚们说到北京，开口就是姨奶奶家：

"俺小姑家就在天安门南边……"

"俺三大爷、三大妈家……"

……

好像姨奶奶家就是北京，北京也就是姨奶奶家了。但是，现在实在想象不出，多年来姨奶奶一家是如何接待照应我们老家这帮穷亲戚的。一家五口全靠一个最底层的搬运工人挣钱养活，哪有能力接待应酬呢？斗室一间，又是如何庇护异乡亲人，让他们在偌大的北京城安身度日的呢？

还有几个亲戚的后代学业无成，又不愿务农，干脆来北京投奔老两口，让他们给找工作。好像姨爷爷还真的托关系找门子，给他们找到了活计，虽然还是出力的临时工，但总算是在天子脚下生活了，这些亲戚们都很满意。

姨奶奶家不仅仅是"接待站"，还是"救济站"。前几年，逢年过节去农村老家探望诸亲戚，在每家每户总能看到某个物件来自北京，说起来一定是姨奶奶的馈赠。我们家就曾经有过一个使用了好多年的不锈钢锅，母亲说是她结婚的时候，姨奶奶特意从北京托人捎回来的。父亲现在年事已高，经常说到的一件事就是20世纪60年代初经济困难时期，姨奶奶多次往我们家寄粮票、饼干等东西，让一家人得以渡过生活难关。我还知道，老家另外一位亲戚当年得了病，也多亏了姨奶奶不间断地往家寄同仁堂的药才得以康复。

2003年，我来北京工作的时候，姨奶奶已经不在宣武区居住，而是搬到丰台区嘉园二里了。不到六十平米的两居室，呈条状，像根黄瓜一样，厕所就在"黄瓜"中间，一开厕所门，整个房间都弥漫一股异样的味道。她们的三个女儿早已经结婚生子，有了新家，但每逢周末都会回来吃饭。老两口平时无事，不是遛鸟、养鱼、喂蛐蛐儿，而是去捡拾破烂，楼道里、阳台上堆放着很多破烂。我第一次看到很诧异，还以为两位老人生活困难，就表示可以帮助他们，谁想姨爷爷笑眯眯地一口回绝，他说人老了无事可干身体就会长毛病，得找点事情干，可自己又没多少文化，只能干此行当，一来可以美化周围环境，二来又可以补贴家用，何乐不为。正因为老人有了如此心态，所以他的女儿女婿们也就听之任之了。

2008年，汶川地震。央视举办赈灾晚会，我是导演组成员，晚会中间，忽然接到姨爷爷打来的电话。这么多年来，老人从没主动给我打过电话，我还以为出了什么紧急的事情，急忙来到场外。姨爷爷在北京生活了大半辈子，普通话里依旧带有浓厚乡音，他在电话里喊了一声我的名字，急切地表达了一个意思：让我先代捐800元钱给灾区，回头再还给我，他和姨奶奶卖破烂只攒下这么多，不然还会多捐一点儿。我很受感动，表示一定办到，临挂电话，我突然又想起，还不知道姨爷爷的名字，急忙问他，姨爷爷说记不记名字无所谓的，把钱送到就行了，非要写的话，就写上北京老百姓吧。

姨爷爷的名字叫郭佩厚，姨奶奶原本叫郭葛氏，这还是后来我才知道的。

去年，姨奶奶驾鹤仙去，临终遗愿是想回老家看看。事后月余，姨爷爷回了趟山东老家，去看了看每个亲戚。现在农村的生活条件好了，每家都热情挽留姨爷爷，但他却不久留，原因是怕给人家添麻烦。从老家回来不久，姨爷爷被大女儿接到她们家住了。每次去探望，一进小区，远远的总能看见姨爷爷瘦高的身影，仍旧穿着20世纪70年代样式的衣衫，一脸祥和的笑容。

坐在老人身边，听他讲述那些北京往事，端上餐桌的依旧是我喜欢吃的炸酱面。大姑说："你爷爷说你爱吃，特意做给你的。"红的是萝卜丝，绿的是黄瓜条，喷香的是肉丁炸酱，一碗面在手，还是姨奶奶在世时的味道，地道的北京味儿。

注：此文发表在《北京纪事》2012年第7期，原名《北京姨奶奶》。

北京保安

俗话说行行出状元，保安这一行也是如此。

1996年踏入北京城的刘永军，在保安这一行一干就是16年，这期间，他已经算是小有名气：2004年，荣获第二届首都"十佳五十优保安员"荣誉称号；2005年，荣获第三届北京市"来京建设者文明之星"荣誉称号；2007年，入选《中国保安》杂志封面人物，被全国保安业界所熟悉；2008年，荣获第四届北京市"创业青年首都贡献奖"。

山东小伙子王红娥来到北京从事的第一份工作也是保安，因为见义勇为，勇救中毒民工，他不但被表彰，还获得了北京户口。据说，因为见义勇为而获得北京户口的保安不仅仅是王红娥一人，自2000年以来至少不下5名。

其实，见义勇为对北京的保安们来讲，好像已经不算是什么新闻，他们站在北京这块神圣的土地上，都已经自觉地把这一美德当作了日常行为准则。

我不认识刘永军，也不认识王红娥，我认识的保安叫刘宝柱。

刘宝柱在北京电影学院当保安，虽为山东人，却没有山东大汉的身量，一米七三左右，干巴精瘦，倒是大檐帽给他增加了一点儿"海拔"，面皮白净，目光犀利，说话的时候非常严肃。2003年，我到北京电影学院进修，在办公楼门口第一次遇见他，问教务处怎么走，他面无表情地扫了我一眼，向楼内左侧轻轻摆摆头，我加问一句："是在左侧楼道里吗？"他依旧面无表情地轻轻点点头，算是首肯。但我按照他的示意进去转了一圈，却没找到教务处，只得再返回来问他。这次，他一言不发转身就向里走，走了几步，回头一个示意，让我跟上，边走边说："我们不可以离岗的！"他走得飞快，我几乎小跑。领到教务处门口，他转身就往回走，我说了声谢谢，他都没回应。我当时心想：电影学院就是牛×，小小保安都这样气势凌人。

北京电影学院北门外有家没名字的小书店，陈设极其简陋，但是影视专业书籍却琳琅满目，所以深得电影学院学子们的青睐，每天人满为患。在朋友的推荐下，我去小店里寻一本欧洲电影大师基耶斯洛夫斯基的专著，一说书名，店主马上回应说有，但是不多，因为理论太专业，不通俗易懂。店主边说边起身帮我去找，找来找去，发现仅有的一本正被一个人捧在手里读，他站在角落里，读得相当专心，店主喊了两嗓子，他才恍然抬起头，慌忙把书递过来，我正眼一看，原来是刘宝柱。

对欧洲电影大师基耶斯洛夫斯基的共同关注，让我和刘宝柱成了相识，聊起来才知道还是山东老乡，也就有了交往。当时我就租住在北京电影学院院里的7号教师楼里，刘宝柱休班的时候，也爱到我住处小坐，但凡来一定要借几本专业书籍，十天半月看完后，再归还于我。几次来往之后，还特意买了一个西瓜送来，以示对借书的答谢。交往数次，我对刘宝柱的家境也略有了解：他老家在老区沂蒙，几代务农，父亲几年前病逝，留下多病的母亲和一个小妹妹，孤儿寡母，度日艰难，家庭重任一夜之间落在他小小的身上。不得已，他高二就辍学来京打工，没学历没经验，托关系才干上了保安。

我问累不累。

宝柱说不累，比干农活强。

我问当了一年保安有收获吗。

宝柱说，有，在这样的地方当保安收获挺大。

我追问什么收获，他闭口不答了。

这天，刘宝柱又来我住处，不是借书，是给我看他拍的一个DV短片，一边给我看一边解释说，前不久回山东老家给父亲扫墓，顺便用借用的小DV拍摄了一些家乡的所见所闻。说实话，他拍得十分业余，根本谈不上水准，仅可供观看而已。但能看出，刘宝柱对这个小作品相当重视，看画面的眼神宛如父亲看儿子，一脸压抑不住的兴奋。他不停地问我拍得怎么样，我不忍心打击他，就随口说不错，顺带着说了几点无关紧要的小毛病。他更加欣喜，把几处自以为得意的镜头再次展示给我看，并坚持让我指出不足，求改进之情溢于言表。我觉得业余喜好如此已经不错了，知道记录生活点滴更是难得，对这个懂事的农村孩子来说还能有什么渴求呢？已经足够了，所以只是一番褒奖。刘宝柱意犹未尽而去。

又过了不久的一天深夜，刘宝柱忽然又敲开了我的房门，表情好像很急切，但是却很犹豫，嗫嚅了半天，也没说出所以然。我首先想到的是他可能要借钱，便不等他再说，起身取来钱包，问是不是遇到什么难事了，需要多少。他一听急忙摆手说不是不是，又鼓了一下勇气，才直勾勾地看着我，突然问：

"我能不能也来电影学院上学？"

刘宝柱对基耶斯洛夫斯基的关注曾经让我很好奇，他后来经常借阅那些专业书籍，我也有些纳闷。但他此刻这个想法，还是让我感到惊异：身为一个三线城市媒体单位领导的我，为了进北京电影学院进修都费尽周折，一个高中都没毕业的保安，居然也想进来学习？是不是天方夜谭呢？但这似乎也为他以前的种种行为找到了答案。我不好正面打击刘宝柱，嘴里说还是有可能的。他一听，第一次露出了微笑，说有可能就行。还没等我再说第二句，他转身离去了。

后来，我因为担任中央电视台国际频道一档节目的策划和撰稿，经常吃住在台里的单身公寓，不怎么回电影学院的住处了，和刘宝柱见面的次数也就日渐减少。转眼到了秋天，一天晚上，我做完节目从录像棚回到北京电影学院的住处，发现门上贴了张字条，上面写着："多谢大哥鼓励，我考上北京电影学院了。"署名就是刘宝柱。上面还有一个电话号码——我这才反应过来，这么长时间，这个孩子好像一直没有手机。

我急忙拨通了那个号码，刘宝柱在电话里说，他考上北京电影学院继续教育学院导演专业了，现在是白天上课，晚上继续当保安，话语间，满是兴奋和喜悦：

"大哥，谢谢你的鼓励，你不知道，我把这个消息告诉我妈的时候，她多么开心……"

我诧异之余，由衷地为这个孩子感到高兴。

实在想象不出，一个高中都没有毕业的农村孩子，凭借什么能跨进中国顶级艺术殿堂？

是执着还是勇气，是毅力还是情商？

无论什么，我都佩服！

我约他出来小聚，为他祝贺。十多分钟后，我们在北京电影学院北门外的烧烤摊前碰面，要了几瓶酒，几把串，边吃边聊。刘宝柱还是那样不怎么爱笑，很拘谨的样子，几杯酒下肚，他眼圈有些红，说想他父亲了：

"我爹活着的时候总告诉我人得认命，我一直不信，一直想证明给他看，可惜他看不到了……很想告诉我爹，我改写了命运……"

我告诉他，人生路不需要太多的证明，只要一步一步踏踏实实，就可以一步一个台阶，人生平台就会越来越高，就会远离平庸。

刘宝柱连连点头，举杯和我对饮。

现在，刘宝柱已经不在北京电影学院当保安了，2005年暑假，他就去一个剧组干副导演了。再后来，听说他去了一个不错的影视公司。

有一天，会不会在某部影视剧的职员表里看到导演刘宝柱的名字呢？

我相信一定会。

不过，无论他怎么发展，我都会记得他曾经是一个小保安。这才是最为激励我的。

注：此文发表在《北京纪事》2012年第8期，原名《保安导演》。

北京农民

2008年，一出话剧《翠花》火爆京城，里面有句经典台词"在上风上水寸土寸金的北七环购置了豪宅大房"名噪一时。北七环具体在哪里，好像没有谁能说清楚。

好友刘得飞说北七环应该就是他工作的地方。

刘得飞是淮南人，说话爱咬音，有点儿吴音的感觉。祖祖辈辈是农民，他不甘平庸，高中辍学远赴北京打拼，先是在中关村做电脑销售，东城跑西城，宣武到昌平，最高纪录一天行程居然有120里。有一个月销售业绩为零，之后他就辞职去了四惠一家公司做人事，后来又进入一家俱乐部做健身教练，有没有教会其他人不知道，自己倒是把身体锻炼得出奇的棒，三年前来到了现在这个地方。

刘得飞现在工作的地方在十三陵定陵附近的一个山脚下。

问他在那里做什么。

回答说，在那里当农民。

那个地方叫圣果庄园，里面有果树近万株，采用的是现代化栽培模式，树形都呈低V字形，品种几十个，秋日里会吸引大批香港游客前去采摘，果园后面的山上还有十多所木制小屋，都是哥特式风格，里面装修极尽奢华，晨聆窗边虫唱鸟鸣，夜听山籁看繁星闪烁，呼吸着天然氧吧，君临天下，可尽享私密空间。刘得飞在庄园里做销售总监，销售什么呢？销售庄园里自产的各式农产品以及水果，忙的时候也会去给果树剪枝修杈、施肥打药，挂果期还会给毛茸茸的小果子包上特制的小塑料袋；闲暇时间，整理修葺小木屋门前的花墙还有石子小路，顺便还会种一些花花草草，让这些花草成为自然隔离色带，区分不同种类的果树。

在销售淡季，庄园会组织员工外出旅游，几乎走遍了国内的名山大川；如果赶上员工的生日，庄园会举办隆重的生日派对为员工庆生……所以，员工们都视庄园如家。

一年当中，约刘得飞小聚的时候，总有几次他是在京外。他的家中摆满了从全国各地采买回来的极具地方特色的装饰物，满目琳琅。

这样的农民好像当得太悠闲自得，所以刘得飞不愿意改行，有朋友请他入股创业，他想都不想，断然拒绝。

如今他在北京昌平城区买了房子，复式大宅，虽是小产权，但不再居无定所，自言住着踏实。去年春节他没有回老家，就把父母接来北京小住。没出过大山的母亲住上高楼大厦，不敢外望，总说眼晕。父亲无事跟着刘得飞去了一趟庄园，回来后和母亲嘀咕，说儿子一直说在北京当农民，他怎么觉得儿子像当阔少呢。

至离京，老父亲还在纳闷，儿子到底是当的什么农民，自己当了一辈子农民，怎么突然觉得"农民"这个词这么陌生呢。

山东商会理事李荣祥先生也说自己是农民。老先生来自山东德州农村，早年在西藏当兵守卫边防，退伍后来到北京。他说，祖祖辈辈与土地打交道，到自己这儿还是离不开土地，还是乐意当农民。为了当农民，他还报考了清华MBA，又到中央党校进修了一年，做足了准备才当起了农民，现在他经营土地像模像样。他的土地在大兴庞各庄，使用面积有300亩。现有33个带沼气的温室，51个以色列塑料大棚，种有各种瓜果蔬菜。所种果树中有不少珍稀品种，如红雪桃、大红袍李子、美国公主李子、棒梨、葫芦枣、三九雪桃等，仅草莓系列就有十多个品种；还有两个占地八亩的鱼塘，提供垂钓服务；还有家禽养殖，有野山鸡、珍珠鸡、乌鸡、香椿鸡等，全部散放，绿色喂养；还养殖孔雀、鸽子和鹩哥，老远就能听见孔雀呦呦鸣叫，恰似百鸟朝凤；与此同时，不忘风雅，常年有300—500幅字画展出，并定期邀请书法家、画家现场挥毫泼墨，助雅兴，长才情；还专门为孩子们提供军事五项、长城烽火台、魔域谷、抢滩登陆等拓展项目；客房、餐厅也一应俱全。这样一家以生态农业观光园为主题的高新农业园区，集绿色观光采摘、旅游休闲度假、食宿

人力车

娱乐于一体，打出了"瓜果蔬菜的采摘天堂""有机瓜果蔬菜365天""奉献'有机'，成就健康"等响亮的口号，已经成为大兴区业内的领军企业，一年四季都有访客来观光采摘、休闲度假，享受大自然。

来自大连的张彬在北京有名的糕点连锁企业金凤呈祥工作多年，已经是高层主管，一年两次被公派出国学习世界各地高档糕点的制作诀窍和营销策略，也已经在城内一高档小区购置了房产，生活舒适惬意。今年秋天的一个周末，几个朋友约他到燕郊一个农庄去吃了两天农家菜，谁料想他回来就向公司递交了辞呈，而要去那家农庄工作。不但公司高层不解，朋友们也很纳闷，都问他为什么舍弃城里待遇优厚的工作而跑到那里去开垦土地。他说，北京城里太拥挤了，空气都不通畅，一出去才发现原来城外面的天地广阔无比，空气新鲜无比，直浸心肺。

张彬现在是那家农庄的宣传推广总监，他到任第一件事就是为庄园设计了极具国际水准的LOGO，制作了内容丰富炫目的网页，使得远离闹市的庄园一下子声名鹊起，门庭若市。

再次小聚，张彬送给我一个小葫芦，不及拇指大小，形状可爱，色泽翠绿，散发着一股青涩的泥土味道。他说是在办公室外自生自长的，瓜熟蒂落，就顺便带来送给我。

窗外，翠藤缠绕，四处，瓜果飘香，白天，百鸟歌唱，傍晚，虫鸣枕畔，该是怎样一幅心旷神怡景象？

想象不出。只记得很小的时候，在山东农村老家，有过这样的情景。

叶圣陶先生在《没有秋虫的地方》这篇美文中有过这样的描述："若是在鄙野的乡间，这时候满耳朵是虫声了。白天与夜间一样地安闲；一切人物或动或静，都有自得之趣；嫩暖的阳光和轻淡的云影覆盖在场上。到夜呢，明耀的星月和轻微的凉风看守着整夜，在这境界这时间里唯一足以感动心情的就是秋虫的合奏。它们高低宏细疾徐作歇，仿佛经过乐师的精心训练，所以这样地无可批评，踌躇满志。其实它们每一个都是神妙的乐师；众妙毕集，各抒灵趣，哪有不成人间绝响的呢。"

张彬的老家在东北大连的农村，想必那一定是一个能听见秋虫鸣叫的地方，因为他说跳槽不是为了薪金，就是为了寻找一种回家的感觉。正如叶老在文中所说："大概我们所蕲求的不在于某种味道，只要时时有点儿味道尝尝，就自诩为生活不空虚了。假若这味道是甜美的，我们固然含着笑来体味它；若是酸苦的，我们也要皱着眉头来辨尝它：这总比淡漠无味胜过百倍。我们以为最难堪而极欲逃避的，惟有这个淡漠无味！"

北京土生土长的农民还是有的，但他们的待遇要比其他人都要好，医疗、土地、分红一样不少，同样也可以在企业上班。据说，现在北京城八区的新生儿已经很少能上农业户口了。

《穀梁传·成公元年》："古者有四民。有士民，有商民，有农民，有工民。""农民"就是播植耕稼者，也就是长时期从事农业生产的人。

从这个概念论断，北京似乎没有农民了。

但像刘得飞、李荣祥、张彬这样的农民的确又大有人在，他们还在践行着农民的精神，不过是当代最新型农民的精神。

刘得飞几次约我去他工作的庄园看看，都没成行。说到这儿，兴致大增，倒是想尽快去看看了。

注：此文发表在《北京纪事》2013年第1期，原名《来北京当农民》。

北京老外

　　我的北京朋友周老师的一套房子租给了一对韩国夫妇，男的是园艺设计师，斯文儒雅，女的是汉语老师，温婉大方，一租就是五年，期间有一年这对韩国夫妇并没有在北京，但他们表示隔年还回来，希望能继续住原来的房子，周老师二话不说就给他们保留了一年。现在，两家关系亲密无间，隔三差五，韩国夫妇会把他们自制的纯正泡菜送到周老师家中，其乐融融。

　　周老师租出去的房子位于北京望京新区，那里生活着近十万韩国人，是闻名全国的韩国城，几乎所有门店都标有韩文，街头巷尾卖烤红薯的老大爷也会说几句韩文，因为每天光顾他生意的很多是韩国帅哥靓妹。

　　非常有趣的是，周老师自己住在海淀区的五道口，那是北京外国人聚集的又一个地区。许多商店的招牌至少是用两种文字写成的：中文、英文。一名中国人走在这里，如果想问路可能都会遇到困难，因为擦肩而过的几乎都是异域面孔，好不容易看到黄皮肤黑头发的，还可能是韩国人或者日本人。基本上，那里有三分之一的中国人，三分之一的白种人和三分之一的其他亚洲人，有人说那里给人一种置身联合国的感觉。周老师的女儿要考托福、雅思，没有报班，每天都携了材料去五道口地铁旁边一个拐角处的小酒吧，在里面和肤色各异的外国留学生交谈甚欢，几个月下来，顺利通过了考试。现在女儿不在国内，那几个外国留学生倒是成了周老师家常客，他们最爱吃周老师做的松鼠鱼，每当周老师下厨做这道菜，那几个留学生都围在身后观摩学习，连连称赞。

　　我最早结识的外国朋友叫鲍勃。那时我还没有客居北京，有一年来北京看望在北大读研的老友。老友正忙于毕业答辩，实在无暇，就把我托付给了鲍勃。24岁的鲍勃来自美国，在北大研修汉语，生得人高马大，正值七月，却穿着一双高帮大皮鞋，特别有"范儿"。朋友说鲍勃对北京城比他们任何人都熟悉。

一个老外难道比中国人还熟悉北京？

不敢苟同。

但事实很快消解了我的这种不信任。那几天里，鲍勃不仅带我去了故宫、天坛、雍和宫等著名景点，还带着我去了琉璃厂、潘家园，以及齐白石、梅兰芳等人的故居，甚至还有一个闻所未闻的庆王府。每到一处，鲍勃都会露出那种近乎膜拜的神情。他在琉璃厂，买了五只绣花荷包；在雍和宫，买了三件护身符，并一一让老喇嘛开光，说要回国送给朋友：

作者与外国友人合影

"很灵光的！很灵光的！之前我在这里买了一个出行的护身符，从那以后任何一次出行都没有出现过意外，即便有，也会化险为夷呢。"

鲍勃说，每次来这些地方，他都要买一些小纪念品：

"甭提多喜欢了。不光我自己喜欢，我美国的朋友们也都喜欢，他们不愿意在网上买，特意叮嘱我在实体店买。"

最后一句话说得非常北京。

离京时，鲍勃送我一张照片当留念，是他和一位北京老太太的合影，两人站在一株歪脖枣树下，笑意盈怀。

我知道，鲍勃并不认识这位北京大妈，是他偶然穿过一个胡同，看见了这位老人，夕阳下，老人温煦的笑容一下子抹去了他孤旅的寂寥，于是他走上前去，请求老人合了一张影。很遗憾的是，这张照片后来辗转遗失。

劳斯来自太平洋西南部赤道附近的小国汤加，是我的外国朋友之一，在首都经贸大学读大四，逢周末就坐公交赶到三里屯一家西班牙餐厅打零工，一直工作至午夜，每次都很疲惫，但很快乐。一到寒暑假，就用打工挣来的钱和几个来自欧洲的同学去国内旅游，几乎走遍了中国所有省份，好像就剩下西藏和新疆了。说起国内那些著名景点的风光，劳斯如数家珍，掰着指头一一评点，感叹道：

"你们中国好大啊，真是地大物博，我真想把去过的地方再走一遍啊！没有玩够啊！"

问他最喜欢中国哪里。

劳斯脱口而出，当然是北京：

"北京是中国的，也是世界的，世界有的北京都有，世界没有的，北京也有！呀！神奇的一个城市啊！古老又现代，传统也时尚，哦！我爱你——北京！"

劳斯一边说一边张开双臂做出拥抱的姿势。他当下正面临毕业，一度有些小郁闷，因为实在不愿意离开北京，于是积极备战考研。他大学主修经济，却立志要考中国传媒大学播音主持专业的研究生，说喜欢让别人听到他的声音。

他的声音不浑厚，关键是汉语实在蹩脚，"汤加"至今说成"他家"。

我想他应该是受到了名人大山的影响。大山在某一年春晚上一举成名，现在扎根北京，扬名全国。这应该也是劳斯的目标。

在中央人民广播电台正门斜对面，有一家小酒吧兼餐馆，小得仅摆放了五张桌子，但布置舒适雅致，温馨异常，门上一串风铃，门开必叮当作响，清脆而悦耳。老板是一对年轻夫妇，女的是土生土长北京姑娘，气质如兰，男的身材魁梧健硕，来自意大利，他做的苹果派和肉酱面是小店主打食品。

在店里可以用餐，可以啜饮，也可以上网或读书。倘若你用餐不小心滴溅到桌面上，男主人会微笑而至，一边替你擦拭，一边用一口流利的汉语柔声解释说，在国外这样会很不礼貌。热情谦逊且得体大方，让你铭记而又不至于脸红羞愧。

我另外一个朋友，加拿大女孩珍妮就很羡慕这对年轻夫妻，她立志要嫁一位北京小伙。珍妮现在租住在海淀黄村一个普通社区里。她很欣赏小区里设有全民健身器械，这在她的加拿大老家是没有的。闲暇之余，她就去院子里做运动以达到减肥的目的，顺便和小区里的老人、孩子们聊聊家常，生活惬意自在。

据说，紧邻首都国际机场的京顺路沿线、温榆河一带的别墅里聚集了众多的欧美家庭，因为他们多是商务人士，拖家带口而来，所以喜欢寻回在家乡居住的感觉：大房子，大花园。这，北京有。

据说，在冬天的二环路，常能看到穿着军大衣、奋力蹬二八自行车的黄毛身影，从背后看去，还以为是染发的"非主流"在玩"复古流氓范儿"呢，细瞧，是一老外，开口是"您好"。

据说，在北京生活着近三十多万外国人。

这些，我都不太了解。但是，我知道在北京，外国人都不把自己当作外国人，他们都说自己是北京人。

注：此文发表在《北京纪事》2012年第12期。

北京邻居

"远亲不如近邻"是中国一句老话，家喻户晓，妇孺皆知，但我觉得似乎在北京才得到了最佳诠释。

尚未客居北京之前，最初对北京邻里关系的了解来自于老舍先生的几部文学巨著，其中之一是长篇小说《四世同堂》：一条小羊圈胡同，串联起祁、冠、李、刘、文等十多姓人家，八年抗战中共同历经岁月的风风雨雨，一起面对命运的起起伏伏，困苦中休戚与共，悲喜里体会百态人生，于国于家，情真意切，演绎了一部原汁原味的老北京风情录。再有就是话剧《龙须沟》：一条叫龙须沟的臭水沟旁，几所破旧的小院里，生活着北京城最底层的老百姓，他们有情有义有悲有喜，互帮互助互恩互爱，卑微中闪露人性的光辉，苍凉里荡漾浓浓的温暖。

当然，老舍先生的作品所刻画的年代历史久远，其人其事也似传奇而失去真实的意味。不过，其后有两部电影却生动地展示了北京邻里之间的和睦友好，令人向往。一部是《夕照街》，由北京电影制片厂王好为导演执导，讲述的是20世纪80年代初老北京一条胡同里一群普通老百姓之间发生的故事，故事平淡，但是对老北京四合院里邻里之间的关系却展现得淋漓尽致：南屋张家炖肉，整个四合院的住家都有肉吃；西屋两口子吵架，东屋旁姓老太太马不停蹄两头调解；张家一株虞美人开放，大半个胡同里的街坊四邻围坐赏玩……影片最后，夕照街即将拆迁盖高楼，世代居住在此的老街坊们难舍难分。他们向往美好的未来，但是更留恋昔日的大家庭生活。另外一部是《邻居》，导演是我的老师郑洞天，影片讲述的不是普通老百姓的故事，而是发生在一群知识分子当中的平凡小事，这些知识分子居住在一个筒子楼里，一个水龙头下洗洗涮涮，一个厕所里拉撒排泄。这家睡觉打呼噜山响，隔壁邻居就得在耳朵眼儿里塞上棉花入睡；油入了锅，才想起自家已没有盐，不用开口，早有人递过自家的储盐罐……杂七杂八，烦琐细小，但事事温馨，件件动情，凸显了北京知识分子之间的真诚、平凡而实际的生活。

有人曾问功夫巨星李连杰，人生中最怀念什么。

很多人都以为李连杰会怀念在什刹海体校上学的逸闻趣事，也有人认为李连杰会怀念无数次上台领奖的光彩瞬间——13岁的时候，他就因获奖受到过伟人邓小平同志的接见。

谁也没有想到，在北京土生土长的李连杰最怀念的，却是小时候在北京胡同口的公厕里蹲坑的感觉，身居不雅之地，彼此毫不遮掩，谈天论地畅所欲言，说者痛快，听者酣畅，实乃快哉。

李连杰所说的那种快哉之事现在想来是再也不存在了。

北京的四合院是越来越少了，在四合院里居住的人也是越来越少了。我到京后更是与四合院无缘，直接入住高层。二十一层，一层六户，一幢楼的住户超过一个胡同，人员来自天南地北，五湖四海，复杂得很。原以为再也不会有老北京四合院那种和睦和友好。

其实不然。

入住不久，就发现了一个奇事：每天拎到房门外的垃圾总是很快就消失，很是纳罕，垃圾破烂难道还会有人当宝贝再收走吗？大千世界，无奇不有，不会是什么人有特殊收藏癖好吧？好在谜底很快揭晓，原来是住隔壁的邻居大爷，一位街道居委会退休老干部，每天下楼顺便带走了我房门口的垃圾，不仅仅是我家门口，整个一层六户，只要门口有来不及送下楼的垃圾，他老人家都替你提下楼去扔掉了。后来，这个老大爷被远在国外的女儿接走了，但是，他那个习惯却延续下来，我们那一层的业主凡要下楼，必定挨家挨户看看门口有没有存放的垃圾，倘若有必定代劳扔掉，俨然成了传统。

我在北京安家，从山东老家接母亲来小住几日。这天，我们前脚出门上班，她后脚就走出了家门，在社区的小花园转了转，举目观瞧，发现所有建筑形状雷同，就找不到自家那幢了，左转右转，绕来绕去，也无济于事，楼下那些看孩子的阿姨们注意到了母亲的茫然无措，有的拿了小凳子给她坐，有的倒了水来放到她手里，有的则慢条斯理地引导她想想我们家的特征，可母亲就是想不起来，也说不出所以然，正在着急，一个姑娘走过来，把母亲领走了。这是我们楼层对门那位邻居，母亲来的那天，她恰好看到，所以对母亲有点印象。可等她把母亲领到自家门口，却发现母亲出门根本没有带钥匙，没有办法只好让母亲在她家里待了一天，她也不去上班了，特意在家陪着，晚上我下班回家，一开门，房间里没有了母亲的身影，正大惊失色，对面的邻居笑呵呵地把老母亲送回来了，我这才知道母亲一天的经过。我这才知道，这个邻居姓李，大连人，在五道口开一家小服装店。真不知道，她的小店一天不开张会影响多少宗上门生意，到现在一想起来还倍感歉意。

舒老师是北京农学院的老师，住我们楼层电梯另外一侧的业主，平时见面甚少，最初是电梯间见面寒暄，知道彼此。后来，我在小区门口打出租车的时候恰逢舒老师开车出来，摇下车窗，问我去哪里，一听顺路，就热情地让我上车。再后来，在电梯间再次相遇，她不好意思地问电视台有没有打工的机会。我不解何意，她解释说，班内有个贫困学生，她总想帮帮他，可无来由地捐助，又怕影响学生的自尊心，所以四处打听有没有暑期打工的地方，我答应帮忙问一下，可还没等有消息，这天舒老师就亲自登门告知我那个学生已经找到打工地点了，老板就住我们楼上，算来也是邻居，那天在电梯里偶尔听到我和舒老师的谈话，回头就在自己的公司里做了特意的安排。

在北京居住日久，不但习惯，而且喜欢。偶有离京，就十分想念。

想念什么呢？

我的邻居们应该是想念之一。

注：此文发表在《北京纪事》2012年第9期，原名《友好睦邻》。

北京青春

北京西直门地铁站永远人流如织，大概是北京人口密度最高的地方了。能在这种地方遇到旧识故交的几率应该是少之又少，但我偏偏还就遇到了一位，他叫刘晓龙。

认识刘晓龙是在七年前，那时，他还是鲁西北一所高中的学生，因为喜好电影参加了某学校的艺术辅导课，而我恰好应邀在这个辅导班里讲授几天课。刘晓龙当时学习很刻苦，很认真，第一次作业交上来我修改过以后发下去，他当晚就根据评语把作业仔仔细细又重做一遍，第二天很不好意思地又拿给我，希望再得到指点。如此好学的态度给我印象尤为深刻，在接下来的授课里，课堂提问他的机会自然就多了起来，每次回答，他都很兴奋，语速很快，总有言之不尽的感觉，不过，却总也说不到实质。就像他的书面作业，虽然认真努力，但水平却总是较之其他同学稍微逊色，别人轻轻松松一路游山玩水就达到的目标，他紧追慢赶一路小跑气喘吁吁也只是略通一二。和其他老师闲聊说到他，也都认为这个孩子天赋稍逊，没有什么艺术潜质。

听说刘晓龙的家人是不同意他学什么影视艺术的，他父亲给辅导班老师打电话，几句"从我们这鸟不拉屎的地方出来的还能做导演？这不是白日做梦吗？祖宗八辈都没见过导演是啥模样的"成为全辅导班的笑谈——刘晓龙来自山东最后一个贫困县：庆云，20世纪最后一个年份才脱贫。

听说刘晓龙当年艺考的时候，家里都不给他报名费，最后多亏了他已经工作了的姐姐资助才得以考上河南商丘学院（原河南农业大学华豫学院），就读于影视编导专业。当时，这个学校因为开设影视专业较晚，无论师资还是教学设施都亟待提高，刘晓龙为此很是懊恼，甚至想放弃，准备再复读一年，重整河山，却遭到家人的极力反对，因为好歹也是一个大学，有个文凭就可以混社会。他不得已才去就读了。

后来，就和他失去了联系，不想居然再次重逢。问他怎么认出我来了，他立刻说，怎么会认不出来呢：

"真的是您为我打开了一个窗口啊！我一眼就认出您来了。老师，多谢您当初给我讲的知识那么专业，给我打下了好的基础。"

刘晓龙兴奋之情溢于言表，两眼放光，而一个发自肺腑的称谓——"老师"，也让我心生些许喜悦。

"老师，我到北京发展来了。"刘晓龙急于汇报着他的近况。

一句话，让我有些诧异：资质稍逊，就读学校既不入流又偏居一隅，在影视人才藏龙卧虎、人才济济的北京城怎么能立足？

刘晓龙没有察觉我的犹疑和担心，问我时间充裕与否，能不能一坐详谈。我点头应允，于是就近去了一家星巴克，要来一杯暖暖的卡布奇诺，细细听他叙说。不听则已，闻之登时刮目：大学期间，刘晓龙虽然身处艺术气息落后、信息闭塞的校园，但对电影的热情丝毫不减，为了看一场心仪的电影的首映，他会节衣缩食省出车费，再汽车火车地交替劳顿，辗转两天从三线城市商丘赶到河南的省会郑州去满足这个小心愿，原因是看电影只有在影院才能完全感受那种氛围；四年间，刘晓龙没有在家过一个完整的节假日，所有空闲不是找各种机会打工挣钱，然后拿着辛辛苦苦挣来的钱，再奔赴所知道的剧组实地学习，就是奔赴各大名校旁听偷课。

"我长这么大最大的遗憾就是没有考上北京电影学院，这是我梦中最神圣的艺术殿堂，我曾经三次来旁听，最后一次是被赶出教室的。不过，真是受益匪浅。"

期间，刘晓龙笔耕不辍，凭借孜孜不倦各种方式的偷师学艺和刻苦积累，先后在《南方人物周刊》《北京晚报》以及搜狐影视频道、网易影视频道开设了专栏，撰写影评，策划影展，不知不觉间风生水起，于是一毕业就被网易公司招至旗下，工作一年，不但薪水翻番，还升职做了部门主管。

网易我略知一二，据说是京城IT行业跳槽率最低的公司，很多北京高校毕业生都很向往，但因其门槛较高，纷纷止步。刘晓龙能被跨地域聘用，足见他能力卓著。

刘晓龙在叙说这些的时候，没有丝毫的沾沾自喜和扬扬自得，一脸真诚，宛如多年前的课堂提问，两眼只是兴奋和喜悦。

对刘晓龙的所得，我由衷地给予鼓励和肯定，内心甚至有了些自惭形秽：一个初出茅庐资质愚钝的学生都已经在《北京晚报》《南方人物周刊》等知名媒体开设专栏了，身为人师的自己还只能望而却步。

问到刘晓龙当下住在哪里，刘晓龙说住在通州。问他为何不住在公司附近，他解释说公司附近房租很高，住的偏远可以省不少开销，何况地铁交通很方便，远些无妨，省下钱来可以买很多光盘来看。我笑着说："看来还是很痴迷电影啊？"

"当然，我来北京就是为了电影，我现在没事就去北京电影学院旁听，已经是正式的旁听生了。老师，知道我怎么成为正式旁听生的吗？"

我自然不知。

"我在网易策划的一个专题，被北京电影学院动画学院的老师当作范例讲给学生们听，还让我去现场演讲，问给我多少报酬，我说不要报酬，想听课，就这么成了。"

学海无涯，勤学苦学方能立足扬名，这个众人熟知的道理，极少被践行。人一旦成功就容易飘飘然忘乎所以，乐于享受和安逸，不复学习。而刘晓龙却仍在不断学习，并付诸实践，再次对其做法给予嘉许。

因为都还有事在身，互留联系方式后，刘晓龙匆匆赶往保利大厦，去采访大导演徐克。

一晃数月有余，期间和刘晓龙只是短信交往，并未谋面。倒是时时去他的QQ空间一阅，和当下年轻人一样，刘晓龙也会适时在里面发布自己的最新工作动态，从中可以看出他工作得依然有声有色，颇有成就。

春节后不久，突然接到刘晓龙打来的电话，说他辞职了，忙问何故。

"环境也好，薪水也不错，可是，总觉得不是自己想要的，觉得离电影越来越远了。"

对他的决定我不置可否，沉默片刻，只是问他下步打算。

"我还是想离得更近一点。"

电影是刘晓龙的梦想，但梦想往往遥不可及。

很快，就又得到了刘晓龙的消息，他已被博纳影业聘为项目经理。博纳影业是首家登陆美国纳斯达克的中国内地影视公司，堪称中国影视公司行业的最强音之一。他马上要飞赴香港约见著名导演陈木胜，共商今年贺岁电影《扫毒》的放映事宜。

由衷地替刘晓龙高兴。

笨鸟会先飞吗？

一定会，因为勤奋。

刘晓龙离电影近点的梦想会实现吗？

当然，因为执着。

注：此文发表在《北京纪事》2013年第11期。

北京"小脚侦缉队"

　　95岁高龄的李秀英奶奶在北京城里搬过好几次家了，现如今住在马家堡嘉园二里安度晚年。老太太每次搬家都会丢弃一些陈旧老物件，但有一样东西却一直被她好好收藏着，不是什么传家宝贝，也不是什么金银首饰，是一个红袖章，上面印着大字"治安巡防"。闲来无事，老太太就拿出袖章来，抚摸遐想，回忆过往岁月，回忆得笑意盈怀。

　　老太太回忆的是几十年前自己在"小脚侦缉队"里的那些时光。

　　小脚是指旧时妇女缠裹后发育不正常的脚；侦缉队是指侦查缉捕的人。

　　这是《现代汉语词典》里对这两个词的解释。

　　这两个词合在一起，就衍生出另外一个概念和群体：北京20世纪六七十年代的时候，由老大妈组成的"社会义务治安员"。

　　那时候，李奶奶和其他老姐妹们一样，从不计报酬，每天一大早就准时上街"执行任务"，连吃饭休息都要轮换着来，每天工作时间都在10小时以上，每天步行不下几十里。她们当中有些人已身形老态，甚至走起路来重心前倾，身体微颤，但个个精神矍铄，看到谁把烟头随手扔在地上了，总会走上前去，先是深鞠一躬，然后说：

　　"同志，您这样做既不文明不卫生又容易引起火灾，看您也像有身份的人，这可与您的身份不相称啊！"

　　不急不恼的一句话让对方尴尬无比，一边捡起烟头摁灭送入垃圾桶，一边连连表示：今后再也不随地乱丢烟头了！

她们的眼睛特别有神，能在匆匆行走的人群中分辨出哪些人是贴"牛皮癣"、乱塞广告卡片的，哪些人是想"顺手牵羊"、行为不轨的……她们还都有一个大嗓门，话语能穿墙越院，起着像喇叭一样的作用，及时地把一些大政方针上传下达……

除去管理随地吐痰、乱贴广告、小偷小摸、乱摆乱放等不良现象之外，她们还是北京的"活地图"，遇上问路找人的，总是热情相助，详细告知方向指明路线，遇到有危有难的肯定会慷慨解囊，遇到迷路走失的一定要亲自护送，顶风冒雪也在所不惜，做所有这些事情不务名不图利，就是因为胳膊上戴着一个红袖章。凡此种种，屡见不鲜……

她们会经常为了一个传呼电话，冒着毒辣辣的太阳，走上几百米的路程，去喊事主过来接电话；她们也会气喘吁吁爬几层楼，敲开某家房门，为某家送上一个娃娃证，免得业主挺着大肚子跑来跑去不方便……

刮大风的日子，她们会替邻居们把那些刮落在地上的衣物收起来，整齐地叠好，放到主人的门口，下面还不忘铺上一张报纸；大雪天，她们会捯着小脚把院中不知是谁家的大白菜盖上草毡子，一边盖一边还埋怨主人的粗心大意：

"冻坏了，这一冬天喝西北风儿去啊……"

派出所的片警查个案、找个人，一问这些"侦缉队员"，十有八九都能搞个"门儿清"。

孩子们曾经问李奶奶，那些年经过她这双眼睛"过滤"，制止了多少起小偷小摸呢，抓获了多少个不法之徒呢，净化了多少处公共场所呢，服务了多少外来游客呢。

老太太脸上笑开了花，把头摇得像拨浪鼓，说太多太多了，记不清了……

"记不清"是什么概念呢？孩子们不理解。其实，他们根本不理解以前的"小脚侦缉队"到底是干吗的。因为，现在好像已经没有这类人群了。

真的没有了吗？

李奶奶不相信。

电视连续剧《闲人马大姐》热播的时候，老太太每集必看，逢看就说，马大姐干的就是"小脚侦缉队"的活儿，说完还要加评点：

"马大姐这个人处理问题的方法还是有两下子的。"

2009年春晚，蔡明和郭达出演了一个小品叫《北京欢迎你》，李老太太看得居然热泪盈眶，一个劲儿地嘟囔说，换做她的话，也会这样做的，以前这事就常做啊，谁让咱是北京人呢。

孩子终于明白了李奶奶所说的"小脚侦缉队"是什么人，他们告诉老人，小脚，永远成为了过去，解放脚都很难找了，取而代之的是一双双高跟鞋、运动鞋、大皮鞋了，现在这些人也不叫侦缉队了，改称志愿者了，很多社区都有，都是自愿要求当的，就是北京的群众组织，住在咱们身边的平安卫士。

老太太十分欣慰，说换汤不换药，名称不一样，性质和作用都相同。

孩子们对这些志愿者还是熟悉的，无论是举世瞩目的北京奥运会，还是举国欢庆的中华人民共和国成立60周年；无论是逢年过节的重要日子，还是按部就班的日常生活，在北京的街头巷尾总能看到身穿志愿者服装、臂戴红袖标的首都治安志愿者的身影。据说他们总数量已经达到了40多万人了，都是一些退休赋闲在家的老大爷老大妈。他们在北京的街头溜达，寻找不法商贩、火灾隐患。他们调停邻里争吵，告诉狗的主人清理粪便，并试图疏导交通。有时候，他们还帮助抓捕罪犯。最有名的当属"朝阳群众"和"西城大妈"，从明星吸毒、藏毒，到卖淫嫖娼、刑事案件等，不管是城市、乡村，他们似乎无处不在但却无名无姓，人们开玩笑地将其称为"世界第五大王牌情报组织"。这几年，不少瘾君子都是经他们举报才被抓获的。每当听到人们议论某某因为吸毒被抓，李奶奶都会欣慰地说：

"好，又净化了一下社会空气。"

无意间，孩子们问李奶奶：

"这些志愿者们为什么要干这行呢？为什么还会干得这么认真呢？"

李奶奶一脸淡然，语重心长：

"这有什么奇怪的呀，我们是在为自己做事嘛！因为家是我们的，社区是我们的，街道是我们的，北京是我们的，国家是我们的呀！"

注：此文发表在《北京纪事》2015年第10期。

北京"的哥"

"人活着还能只为了挣钱吗？"这是北京"的哥"李杰生前经常挂在嘴边的话。

李杰是地地道道的北京人，2006年开始从事开出租车的行当。他家住在朝阳区四惠，但经常拉的却是中关村一些网络公司的员工。问他为什么，他说喜欢中关村那种氛围，喜欢和搞网络的聊天，开眼界长见识。百度公司经常有员工加班，错过了乘坐公交地铁的时间，只得搭乘出租。有些"趴活儿"的黑车往往趁机漫天要价，可李杰从不这样，而且随叫随到，所以员工都愿意坐他的车。百度公司百分之七八十的员工都被他拉过。有一次他拉上一位小伙子，走到中途，小伙子才发觉钱包忘在了公司里，但李杰照旧把他送到了目的地。

李杰最出名的外号是"最懂互联网的出租车司机"，他还因为常年服务于下夜班的百度员工而自称"百度第二司机"，意思是除了单位班车就属他最频繁接送他们公司的员工了。每天晚上李杰都要放空车到百度公司楼下，停车后的第一件事就是发微博："我在这里。"那些加班的百度员工看到这个微博，无论时间多晚，心底总是很踏实。然而，2013年2月21日22点33分，他发布的"我在这里"却成了他对夜班员工发出的最后一次邀请。不到一个小时后，当他送完一名夜班员工，返回百度大厦的途中，遭遇车祸离开了我们。

李杰用生命践行了诺言：人活着不能只为了钱，得为义，为大爱。

2013年，一位来京做生意的新疆朋友心急火燎地到西城区派出所报案，声称丢失了一个包裹，包裹里的东西价值连城，更为糟糕的是竟然不清楚在哪里遗失了东西。警察同志听闻后一筹莫展。但出乎意料的是，一天后包裹就物归原主。包裹里是一块价值两千多万的和田玉籽料。新疆朋友握着警察的手感激涕零，警察却闪身让他去感谢一位身材矮小的北京"的哥"，原来是这位"的哥"发现了遗失在自己后备箱里的东西，主动移交到了辖区派出所。据了解，这位"的哥"原本是一位下岗职工，来自平谷，月收入大概3000多块钱，当这位新疆朋友把一大笔钱硬塞给他的时候，他脸红地拒绝了，表示归还实物这是最本能的事情，不值得大惊小怪，他叮嘱新疆朋友以后可别那么粗心大意，说完名字都没留就驾车而去。

这位新疆朋友事后一个劲儿地嘟囔："真想不到啊，真想不到啊。"

他想不到的一定是这个出租司机拾金不昧的职业操守和美好品德。

其实，像这种想不到的事我也碰上过。前年，家中老姐带着她未满两周岁的小孙子来京消遣。接站后，我直接打乘了一辆北京渔阳出租公司的出租车。车子刚刚开出南站来到二环上，小孙子就面露内急的表情，老姐急忙告知了师傅，师傅和颜悦色地表示稍等，然后小心翼翼地择地停靠了下来，老姐手忙脚乱地伺候完小孙子小便，车子才又开动起来，但没走多远，小孙子的表情又复杂起来，我看不出什么状况，但老姐深知其含义，急忙说他是要拉屎，话音未落，小孙子已经控制不住喷涌而出，后座顷刻间满目狼藉，臭气熏天。我心生不安，拿眼睛扫了扫那位"的哥"，发现他已经发觉后面的状况，但依旧和颜悦色，征求意见能否先停下车来，我们急忙表示同意。车子在路边停靠下来，我和老姐不住地表示歉意，并表明愿意经济补偿，"的哥"一个劲儿地摆手，说谁家没有小孩子啊，小孩子就是不懂事的，没关系的，下车后找地儿洗洗就行了，无碍。一口京腔京韵，听得暖心。等到我们下车的时候，再次掏出钱来塞给他，他抓起钱就塞回到老姐手里，而后扬长而去。

今天，我好像已经记不得那位"的哥"的模样了，因为他的相貌太普通，扔在人堆里就找不到的那种，但他的和颜悦色却深深地印在了我的脑海里。真不知道，那天这位"的哥"是怎么处置后座那些污物的，臭气弥漫在狭小的空间里，接下去又怎么再拉客呢？无法载客，又怎么赚取这一天的辛苦钱呢？

好像北京每天都有关于"的哥""的姐"们的各种版本的故事发生：拾金不昧、义务接送、路见不平拔刀相助……林林总总。奥运会期间，被外国友人交口称赞的除去那些志愿者，好像就是北京这些"的哥""的姐"了。我熟识的一位北影厂导演正准备拍摄一部电视剧，讲的就是北京"的哥""的姐"们的故事，都有真实原型。

据统计，北京"的哥""的姐"总数近十万，这些"的哥""的姐"给所有京外人员的第一印象一定是对国家大事的了如指掌，一定是一口京腔京韵凸显帝都特色的沟通交流。但是，一定不熟悉这些"的哥""的姐"当中大多数人每天工作时间在十小时以上，大多数人都有各种各样的职业病……这些，好像还真没有多少人了解……

被北京市人民政府授予"人民艺术家"称号的老舍先生曾经为我们塑造过一个经典的人物形象——祥子，他牵着几匹骆驼走进老北京城，以他的朴实和勤劳拉着黄包车奔走在大街小巷，挣的是一份正当收入，挣的是一份劳动人民的体面和尊严。

有人说，现在北京的"的哥"就是过去的祥子，他们不但在挣收入，也在挣体面和尊重，更为关键的是他们还在传播着北京人的精神，在展示着一个大国的时代风范。

所以说北京"的哥""的姐"是北京这个国际大都市最精彩的流动名片，不为过。

注：此文发表在台湾《清溪文艺》2018年第11期。

北京匠人

　　老北京人张双志现在有很多称号："中国民间名人""联合国科教文组织手语民间工艺美术家""中国民间工艺美术家"等。但说到自己的身份，张双志却坚持说自己就是一个制作灯笼的匠人。

　　中国灯笼综合了绘画艺术、剪纸、纸扎、刺缝等工艺，利用各个地区出产的竹、木、藤、麦秆、兽角、金属、绫绢等材料制作而成，又统称为灯彩，历史悠久，起源于两千多年前的西汉时期。经过历代灯彩艺人的继承和发展，形成了丰富多彩的品种和高超的工艺水平。种类上有宫灯、纱灯、吊灯等。从造型上分，有人物、山水、花鸟、龙凤、鱼虫等。除此之外还有专供人们赏玩的走马灯。每年的农历正月十五元宵节前后，人们都挂起象征团圆意义的红灯笼，来营造一种喜庆的氛围。

　　张双志制作灯笼的手艺师从他的父亲张长顺，张长顺老人在清末民初为了生计学会了制作灯笼，他制作的小方灯、小宫灯，样式小巧别致，物美价廉，深受百姓的喜爱，在北京东四牌楼、地安门一带享有盛名。逢年过节家家户户都愿买他制作的彩灯，为门庭院落增加节日的气氛。久而久之，张长顺便得了个"小灯张"的美名。张双志从小就生活在灯笼的世界里，自然也就会做灯笼了。

　　张双志老人说，父亲张长顺做灯笼是为了填饱肚子养家糊口，他自己现在做灯笼除去情趣外，更有责任，一种保护民间艺术的责任。身担这份责任，张双志不但自己做灯笼，还教别人做灯笼：去一些开设了民俗工艺课的小学里教孩子们做，在家里教一些慕名而来的国内外友人做，几年间已经教会了近百名外国小朋友做中国灯笼。不过，大概没人知道，张双志教孩子们的教具从来都是自己去购置的，甚至他还为此写了教材；那些到他家学做灯笼的外国友人一般都是吃住在他家，一住就是五六天，这一拨人刚刚离开，另外一拨又进门来了。家人偶尔也抱怨，唯张双志总是一脸微笑：

"有人学，灯笼这个民俗的东西就能传承下去了，孩子们会了，老北京的玩意儿就不会丢了。"

和张双志老人观点相同的还有何钦明。何钦明出身毛猴制作世家。

毛猴是一种北京独有的民间艺术品，是从清末同治年间椿树地区骡马市大街"南庆仁堂"药铺的伙计之手流传至今的，是取蝉蜕的头做毛猴的头，取玉兰花越冬的花骨朵即辛夷做猴身，用蝉蜕的爪子做毛猴的四肢，以物代猴，以猴代人。过去，毛猴作品以反映社会行业、民情风俗为多，有剃头的、掏粪的、倒水的、推小车的、卖糖葫芦的、算卦的……有的能成为一组完整的艺术作品，如"县官出巡""娶亲行列"等。老舍夫人胡絜青曾特为"毛猴"题诗："半寸猢狲献京都，惟妙惟肖绘习俗。白描细微创新意，二味饮片胜玑珠。"近几年，毛猴作品的题材时有创新，除保持传统题材外，还积极反映现实生活。

何钦明的外祖父以及母亲都是毛猴制作的高手，声名远播。到了何钦明，他还是说自己是个匠人，只不过比祖辈父辈多了点儿义务，就是想办法把毛猴制作进一步宣扬出去，让这种京味民俗更广泛地流传。为此，他正在积极联合几位制作毛猴的北京同人争取发行毛猴邮票，同时还在琢磨怎么能把这项工艺和当下最流行的动漫结合起来，那样的话，大家对毛猴的认知度就更高了。

在过去的北京还流行这样一个说法："登长城，吃烤鸭，看京剧，带回盘中戏。"前三者，大家耳熟能详，最后一项大概少有人知。这"盘中戏"指的就是北京另外一项独有的特色传统民间手工艺——北京鬃人。

北京鬃人是受皮影戏和京剧影响而产生的，结合了京剧文化、物理学和力学的概念。人物造型的身高一般9—16厘米，设计巧妙，制作精细。头和底座采用胶泥脱胎，是用胶泥做头和底座，用秫秸秆做身架，外绷彩纸（或色绸）外衣，并絮少许棉花，然后依据人物故事勾画脸谱，描绘服饰，底座粘一圈二三厘米长的猪鬃，便制作成一个生动的鬃人，数个鬃人组成一组戏剧人物，按京戏中的生、旦、净、末、丑，放置于铜盘中，只要轻轻敲打铜盘的边，靠猪鬃的弹力，盘中的人物便会舞动起来，再配上京剧的唱腔，就如同真人在舞台上演出，展现了古典文学和戏曲艺术的魅力。所以老北京人也称它为"铜盘人"或"盘中好戏"，或者干脆叫它"铜茶盘子戏"。

冰心先生的散文《我到了北京》中有这样的描述："这是一种纸糊的戏装小人，最精彩的是武将，头上插着翎毛，背后扎着四面小旗，全副盔甲，衣袍底下却是一圈鬃子。这些戏装小人都放在一个大铜盘上，耍的人一敲那铜盘子，个个鬃人都旋转起来，刀来枪往，煞是好看。"说的就是她第一次见识老北京庙会上的鬃人表演。

鬃人，作为唯一一项具有动感的民间手工艺，如今只有北京的白大成一家还在做。

鼓楼

白大成师承老北京有名的"鬃人王"。"鬃人王"指的是制作鬃人的王春佩、王汉卿父子。1915年，王春佩老先生制作的鬃人就曾在巴拿马万国博览会上获得银质奖章。在20世纪30年代，美国商人曾许以高报酬聘请王春佩赴美行艺，王春佩却以"穷家难舍，熟土难离"为由，婉言回绝。及至王汉卿，他的儿子去了西北，没有学做鬃人。学飞机制造的白大成在偶遇这门艺术后，迷恋其中，一做就是四十多年，不但传承了"鬃人王"的精髓，还大胆创新，把过去的彩纸材料改用色彩艳丽的丝绸，人物的双臂在转动中可以灵活运动，身高也由过去的五六厘米发展到十七八厘米，形成了独树一帜的"鬃人白"，白大成一辈子没进过任何单位，没有医疗保险，出了问题都得自己解决，直到现在，也没有退休金、养老金，就靠一双手吃饭。

1997年，为了普及宣传鬃人艺术，他一手策划了中国民间手工艺周，后来还多次带着鬃人去法国等地交流访问，让北京鬃人再次享誉国内外。为了让更多的爱好者继承和发扬鬃人的制作，老先生还多次把整个鬃人制作过程拍摄成电视教学片，让大家模仿学习。

制作一个鬃人大概需要40多道工序，老先生一直是亲手完成，也曾有商家提议和白老先生合作，批量生产，被他婉拒：

"大批量生产可能会给我带来丰厚的效益，但民间艺术的特色可能就要受到冲击，'保护'不是要办工厂，不是要产量扩大，不是要传承多少人，民间的艺术最怕做滥，既然我是一个匠人，就要把匠人的特色传下去。"

北京曾经有很多老玩意儿：兔爷儿、风筝、面人、彩蛋，绢人、泥人、鬃人……随着岁月流逝，时代变革，很多人都以为它们遗失了。其实不然。无论北京向国际化大都市迈进的步伐多么迅捷，这些老玩意儿都被好好珍藏和传承着，不经意间会在某个角落绚丽亮相，给现代的北京渲染一抹传统和亮色，给时尚的北京涂抹一份沉淀和古韵。

究其原因，就是因为这些普普通通的匠人们的坚守和传承。

由此看来，这些匠人何止是一个匠人呢？

他们是北京精神的传承者。

北京老师

题记：北京第22中学的徐沙沙老师是海淀作家协会会员，2018年，要出版一个自己的作品集，邀我作序，提笔写下下面的文字。

逍山这名字乍读起来很粗犷，似伟岸男性，实则为一女子，且为人师。

初识逍山是去她所任教的北京第22中学作讲座。深秋时节，风有些凌厉，她早早地在学校大门外迎候着，风扬起的她的秀发，难掩一脸谦逊、随和且纯净的笑意，那笑使她看上去似夏日一朵莲。

后来，读到她的文章，字字芳馨，篇篇素雅，最难能可贵的是字里行间弥漫着大爱的芬芳，那爱不仅仅是母性的流淌，更是对生活点滴、对生儿育女俗世生活的大悟。这些文字虽承载着隽永深远的主旨，用语却浅显平淡，质朴自然，不造作，不矫情，从小事说起，由点滴入手，滴水见太阳，平淡中显神奇，读来不累不乏，不拗口，不晦涩，生动有趣，盎然于文间。

例如，《有一种生物，叫你的小孩》，单从题目就让你心颤，让你幡然，待读到"你只想在与他相伴的所有时光里，给他需要的甜和苦。只想，抱着她，扶着她，牵着她，跟着她，看着她，放她走"，哦，这是怎么样的心境和诉说，会让你急忙掩卷去寻自己的孩子，抑或是打一个电话给在外的儿女，不然你会浑身不自在的。

例如，《所有礼物终成泡影，唯有你最珍贵》："妈妈必须心安理得且自信地告诉你，所有礼物终成泡影，唯有你最珍贵，是的，这个生日你没有礼物，但我有，感谢生命——那就是你。"很直白的语言，却是最真诚的道白，是母亲的心声，也是为人母的担当。

再如，《妈妈好难过》："我忽然感到惭愧，我怎么可以欺骗孩子？我怎么对得起小人儿真诚的担忧与感伤？我怎么能忘记，孩子是世界上最能体会他人情感，最有同理心、也更懂得共情所在的本真生命！哲学家们所谓赤子之心，所谓'婴儿'境界，大概就是这样一种不掺杂质、不设防的，以爱与美关照他人、关照万物的纯净简单。"

书中还有很多诸如这样的篇章和语言，你就慢慢去品吧，去回味吧，去共鸣吧，你一边读，一朵母性的莲会慢慢在你心间开放，吐蕊，芳香你的灵魂。

如果不读逍山的文字，仅以为她就是一名普通的老师。读完方悟，她还是一位年轻母亲，虽为母不久，但对母爱悟之深、之透、之升华，却让你刮目。

可能正是因为老师的身份，逍山才能这样细致入微地记录孩子的成长，记录为人母的体会。母亲和老师两种身份完美地融合于一身，才成就了这样的文字。

师者，传道授业解惑。一位有大爱的母亲当老师，传情之道，授学之业，解真之惑。学校那些孩子们该是多么的幸运和幸福！

写作是与平庸做博弈，亦是一种修行，逍山能在育人之余，在三尺讲台之外坚持写作，实为难能可贵。她沉下心来，抛却繁嚣和世俗，远离功名和利禄，用心去聆听，用情去捕捉，用文字去诉说，可见其心境高远，品性雅致。更难能可贵的是，她不但自己坚持创作，还经常鼓励所教班级的孩子们阅读写作，多次请专家名师给孩子们指点，多方奔走，给孩子们的作品发表提供力所能及的帮助。在她的引导和帮助下，好几位学生在文学创作领域崭露头角，作品屡见报端，频频发表，对此，她报以微笑：

"孩子们有这样的兴致，我很欣慰，因为文字是可以流传的啊……"

笑如莲，文如莲，人亦如莲。

哦，逍山是她的笔名，她本名叫徐沙沙。

注：此文是作者为中国农业科学技术出版社出版的徐沙沙作品《有种生物叫你的小孩》所作的序，原名《让一朵母性的莲花开在心间》。

北京教授

——记北京电影学院博士生导师、教授刘一兵

熟悉北京电影学院文学系教授刘一兵的人不多，但说到主持人刘真，可能听北京人民广播电台午夜谈话节目的很多听众都会记得。20世纪90年代初，刘真主持的《统一爱心》栏目特别受欢迎，刘真就是刘一兵的播音名。

刘一兵在北京电影学院文学系已经近四十年了，其间创作了不少影视剧本，教了一届又一届的学生，他经常对学生说，搞文学创作，不深入生活，进入人的灵魂去游历，写不出好的作品。而他自己就是身体力行，始终游走于社会与教学之间。

1967年，刘一兵完成了高中的学业，这一年他刚好18岁，具有浪漫主义情怀的他，毅然背起背包加入到了到内蒙古锡林郭勒盟东乌旗插队的队伍中，成了30万内蒙古知青中的一员。

多年后，刘一兵回忆说，当时非常想去，是因为他在北京15中上学的时候有一个叫杨学彬的老师，向他推荐过徐霞客的几本书，这些书影响了他，使他有了一颗不安分的心。去内蒙古要办户口，办完户口他母亲带他去吃羊肉，因为他从小不吃羊肉，意思是不让他去。但，他努力把那顿饭吃完，毅然决然地走了。

内蒙古锡林郭勒盟东乌旗沙麦公社，位于锡林郭勒盟的东北部，"天苍苍，野茫茫，风吹草低见牛羊"，说的就是这里。刘一兵所在的汉乌拉大队，以牧马为主，他很快学会了骑马、放牧、挤马奶。

刘一兵在日记中写道："从喧嚣的城市到寂静的草原，人一下子变得豁达开朗起来，在特别静的时候，躺在草地上，你会觉得自己与天竟然那么近。"然而现实

总没有理想来的那么浪漫，有一次，在放牧的时候，他从马背上摔了下来，被马拖着跑了好几百米，差一点丢掉了性命。到1972年，刘一兵在汉乌拉大队已经生活了五年，在家人的一再说服下，他和大批回城知青一起回到了北京，在街道里当了一名电工。

那时的刘一兵人虽然回到了北京，但心却还在草原上游历，就在他为自己的游历人生可能终结而感到苦恼的时候，西藏歌舞团来北京招收唱歌的学员，这让他又看到了希望。西藏也是他从小就特别向往的一个地方，以前只是在画上看到过布达拉宫，那种神奇和伟大深深地吸引了他，现在，他要去看看。刘一兵又一次放飞了理想，豪情万丈，这一次，没有外界的鼓动，是他心里原本积蓄的豪情、浪漫和对生活的追问推动着他。就这样，刚刚回到北京几个月的刘一兵又以西藏歌舞团学员的身份来到了西藏的拉萨。

说到在西藏的生活，刘一兵只用了一个字来概括：苦。苦到什么程度呢？取暖都没有木头，只好拆卸寺庙的废旧建筑栏杆，下乡去干活的时候，手上全是伤疤，结了茧子，摸一把小孩子的脸，能把人家孩子的脸擦伤……

在西藏的第二年，刘一兵向党组织递交了入党申请书。然而，在那个以家庭出身决定一个人政治态度的年代，出身在右派家庭的刘一兵是不符合所谓标准的，他的希望并没能如愿，这对一个满怀理想和一腔热血的青年来说，无疑是一次沉重的精神打击。让刘一兵感到了悲观、失望，以至于一度意志消沉，无所事事。这时，他遇到了改变他今后一生的两个人：一位是叫涂清华的老先生，他是一名退休教师，他告诉刘一兵，只有承受住苦难，才能迎来人生的光明。他鼓励刘一兵写歌词，写诗；另外一位则是西藏土家族的诗人，在极端困苦的生活条件下，这位诗人热爱着读书，床底下全是书，这让刘一兵特别受震撼，他虚心地向这位诗人请教写作的技巧，真诚地接受这位诗人的指导……

艺术创作让刘一兵觉得在西藏的生活不再无趣，变得有意义起来，也让从小喜欢写作的刘一兵找到了释放心灵的最好方式，更激发起他对知识的渴求。1977年，刘一兵毅然报考上海戏剧学院戏剧文学系。同年秋天，他怀里揣着上海戏剧学院的录取通知书只身一人来到了繁华的大上海。刘一兵后来回忆说，当时经历过生活的苦难，特别珍惜学习的机会，每天钻进图书馆里不出来，一头扎进知识的海洋，不停地吸取。课堂上，老师布置了一个作业，他却要完成两个，为什么呢？

"经历了动荡的岁月，现在坐在那么安静的地方看书写字，那是一种你们现在年轻人永远体会不到的幸福！手里拿着笔，看着洁白的纸张，幸福就油然而生。知道吗？幸福是一种比较的过程……"

从上海戏剧学院毕业后，刘一兵回到北京，成为北京电影学院文学系的一名教师，过起了按部就班的教学生活。虽然有些不习惯，但他却没有离开这个岗位，因为电影这门艺术为刘一兵不安分的心灵再次提供了畅游的空间。

最初，刘一兵觉得电影是一个特别神奇的艺术种类，因为电影和文字不一样，文字要作用于人的第二信号系统，需要想象，而电影则直接作用于人的第一信号系统，直接地刺激人的视觉、听觉等感官，使人立刻能够体验到一种语言所不能传达的情绪和人生体验。然而，随着教学和实践的加深，刘一兵发现尽管走南闯北了那么多年，但是要做一名出色的剧作老师，要成为一名优秀编剧，自己的视野仍然不够开阔，他感觉与外界的生活隔离了。当时，正是改革开放的时候，一切都在变化，刘一兵认识到光读书是不可以的。

1991年，中国青年报社联合中国青年政治学院，创办了"青春热线"心理辅导，以帮助那些在改革开放大潮中变得迷惑和茫然的年轻人。偶然得知这一消息的刘一兵立即骑上他那辆凤凰牌二八自行车赶到中青报编辑部，自荐当了一名咨询员。于是，在20世纪90年代初的几年中，每到周末，刘一兵都会从位于城西颐和园的家赶到城东东四十条"青春热线"编辑部。每天晚上，他都要接听至少三十个热线电话，在那里他给自己起了一个新名字："刘真"，意思就是他要和每一位朋友真诚地交流。

刘一兵说，热线电话逼近所有人的心灵，让他找到了灵魂游历的一种方式，让他体验了芸芸众生的情感世界。

到了1994年，北京人民广播电台推出一档《统一爱心》谈话节目，许多"青春热线"的热心听众又听到了刘真熟悉的声音，纷纷通过热线向他倾诉心中的苦闷。《统一爱心》在当时引起很大轰动，几年下来，听众的来信装了整整两麻袋。在刘

刘一兵老师与学生韦华合影

一兵最后一次主持《统一爱心》节目的那天，一位身患残疾的听众朋友，亲手篆刻了一枚刻着"刘真"字样的印章，摇着轮椅从房山出发，用了整整一夜的时间赶到台里，当面送给了刘一兵，表达他对刘真的热爱。

随后，在北京电视台《说你说我》节目里，刘一兵又从幕后走到了前台。刘一兵说他在这个栏目里，不是枯燥的说教，只是想跟大家分享一些人生小故事，这些小故事会给观众们一些启迪和启示，是精神的健美操。

几年的主持人经历，使刘一兵的心灵几乎触摸到了生活的每一个角落，精神世界也得以在更加广阔的空间里遨游，他把自己接触到的形形色色的人和事都变成了编剧的重要素材，并运用到教学中：

他告诉学生们，眼界一定要放宽，要有博大的胸怀。

他鼓励学生们去调查，调查那些不熟悉的人和环境。

他的学生、来自台湾的研究生、编剧李佳荫说，刘一兵老师在第一堂课就告诉大家编剧是一种生活方式，是一种生活态度。她给我们讲了一件往事：她刚入学的时候，看到学校门口来了一个奇怪的人，这个人脏兮兮的，打扮得有点儿像个民工，手里提着一大袋子剧本，背着一个大字报，上面写着要找冯小刚，意思就是说他有个剧本要给冯小刚，然后就在门口坐了一天。上课的时候，她就把这件事当笑话说给大家听，恰好被刘一兵听到，当时，刘一兵老师就这件事情做了一段小小的分析，说其实坐在课堂里面的学生跟外面那个人是一样的状态，学生也是怀抱着一个梦想等着人家来看剧本，唯一不同的是，学生们可能比这个人幸运，坐在了学校里面，而那个人则坐在校门口，用这么一个比较笨拙的方式去追求他的梦想……所以，那堂课让她明白了一个道理：

编剧是一种人生态度。

凭借多年的人生经验，他编剧的影视作品相继问世：

电影《朗朗星空》写的是一个在电台做主持人的知青在改革的大潮中怎么保持尊严找到自我。

影片《王长喜来了》写的是送文艺下乡的一群小人物对电影的热爱。

电视连续剧《大哥》写的是中国传统文化在时代的大潮中可以化解所有的矛盾，亲情可战胜一切。

……

后来，刘一兵感觉热爱电影的人越来越多，而能被北京电影学院录取的也只是凤毛麟角。于是，他决定开设一个网络编剧班。他说，是想报答涂清华等老师在困境中对自己的点拨之恩，在自己人生低谷的时候，是这些老师们的话语给了他人生支撑，现在，他也成了老师，那么就想尽自己所能帮助愿意学习编剧的孩子们。

残疾青年韦华就是这个时候走进北京电影学院大门的。韦华回忆说，刘一兵老师的鼓励就像舒婷写的那句诗：

你在一个井里，风吹来一粒种子……

韦华后来读到了研究生，作品还获得了国家剧本大奖——夏衍电影文学奖。

韦华说，是刘老师给了他一个吃饭的饭碗……

刘一兵有自己的博客和微博，他给自己起了个名字叫"老笨叔"，里面有一个"老笨叔讲故事"的专栏。

刘一兵说，要把亲身经历的那些故事讲给更多的人，唤起更多的青年用笔和心灵去感悟人生……

注：作者导演拍摄的人物传记纪录片《用心灵触动生活——记北京电影学院教授刘一兵》已在中央电视台电影频道播出。

北京诗人

——记北京市海淀区作家协会秘书长王威

来北京以后结识了很多文坛名人大家，他们或著作等身或德高望重或地位显赫，皆声名远播，相较之下，老威则寂寂无名。

老威是诗人。

20世纪80年代是中国当代诗歌的黄金时代，是中国当代诗歌史上一段最令人难忘、最令人忆念、最令人追思、最令人怀旧的辉煌时期。老威的诗歌情怀在时代的裹挟下达到了狂热：为了听一场诗歌讲座课，他会从西郊机场骑自行车赶到劳动人民文化宫。1982年，他的一组诗歌《野葡萄》第一次在《青年诗人》发表，兴奋得他一宿没睡……后来，他的诗作陆续在《诗刊》《北京文学》《北京日报》《北京晚报》刊发……

从此，文学的种子便在老威的内心深处深深扎根。

再后来，老威转型经商，成为北京大学附近的畅春园饭店的业务主管。虽然身份发生了变化，但是他对文学的情怀丝毫不减，把饭店打造成了当时名噪京城的"学者饭店"。凭着军队大院子弟特有的豪迈和侠义，凭着真诚待人的经营理念，酒店火爆异常，北大、清华等高校及科研院所的那些老教授、企业家们提起他都赞不绝口，著名学者季羡林，著名作家王蒙、浩然、端木蕻良、谌容等都是酒店的常客。20世纪80年代中期，北京作家协会的活动几乎全都是在这个酒店举办，使得酒店名噪一时。

经营着酒店，老威的文人情怀依旧泛滥，逢年过节都要去看望那些经常登门的老学者、老作家。

20世纪90年代初，随着下海经商的大潮席卷全国，老威也投身商海，在清华大学南门开了第一家属于自己的酒店——双王家常菜。因为诚信和热情，他的酒店生意兴隆，陆续开了三家，他以真诚赢得了第一桶金。

然而，就在酒店开得红红火火的时候，老威做出了一个令一家人诧异的决定：酒店关门转让，重回文坛。

"找不到那种感觉，再下去就彻底一身铜臭了。"老威说。

家人问，什么感觉。

老威闷头不语。但是，态度坚决，酒店随即转让，他回到了海淀作协。遗憾的是，褪去了青春的冲动和狂热，成熟理智浇灭了创作的火花和灵感，他发现自己已经写不出诗歌。写不出作品的诗人妄称诗人，为此，他很痛苦。每次参加有关文学的会议，他都刻意坐在最不显眼的角落里，听着那些创作精力旺盛的作家们侃侃而谈，他羡慕极了。经过短时期的失落之后，老威很快又明确了自己的人生方向和目标：自己写不出诗，但可以打造一块生长诗歌的土壤啊；自己没有了创作的青春，但是太多拥有青春的人可以创作啊。

2016年，老威由副秘书长正式接任海淀作家协会秘书长一职。在就职演说中，他向在座的100多位作家真诚地告白：

"我的文学之路已经中断了近20年，在创作上不可能有所作为，但我找到了一条为文学服务的路，我愿意用我的服务，尽最大的努力保证在座的作家们努力创作精品，实现你们的文学梦，这，就是间接实现了我的文学梦……"

老威接任后的第一项工作，就是操办和运作"百川汇海·作家大讲堂"，第一位走上大讲堂的是中国诗歌泰斗、北大教授谢冕。当天大讲堂所在地的海淀区文化馆小剧场座无虚席，掌声雷动，老威站在最后一排，心潮澎湃，热泪盈眶：

"找到感觉了。"

接下来，老威四处奔走，先后邀请刘庆邦、肖复兴、陆天明、王宏甲、石钟山、吉狄马加、何建明、徐则臣、李春雷等中国文坛赫赫有名的作家以"师说"的名义走上讲台担任主讲。讲座追求内容与形式的创新，强调"师者"与受众者的互动，反响热烈。至2019年底，"百川汇海·作家大讲堂"已成功举办了21期，两年多来，在团队的共同努力下，使得"百川汇海·作家大讲堂"这一品牌线上线下受众人数近百万人。

老威给海淀作协喊出了口号："让作家有尊严，让文学作品体现价值。"为此，他逢年过节都自掏腰包购置礼品去看望居住在海淀的老作家，给他们送去组织上的温暖；有位年轻作家因病成了残疾人，离开了工作岗位，每次大讲堂，老威都要特意给他留票留座，安排专人接送。

"我相信文学会给他重拾生活信心的力量，我们在这方面一定要给予他帮助。"

于是，越来越多的文学爱好者会聚到了海淀，到2019年，作协在册会员480多人，其中，中国作家协会会员就有54人。

著名军旅作家、编剧石钟山说："海淀作协让人感到真诚，充满了浓浓的正能量。"

《中国武警》原总编辑郝敬堂老师说："海淀作家协会让人感到充实。"

安徽省作家协会会员王彬说："海淀作家协会让人感到温暖。"

老威多次邀请我去海淀一些学校作讲座，面对一双双对文学充满了渴望的眼睛、一张张听课后欢欣鼓舞的笑脸，我对老威说：

"海淀作协让我这个媒体人找到了存在感。"

文学创作要从源头抓起。

为了培养孩子们的写作热情，指引孩子们的文学创作，在海淀区文联的支持下，老威一手组建了北京市第一家区级"校园小作家协会"，后改为"校园作协"，目前已有50多所学校成为"校园作协"的会员团体单位，涵盖了海淀区最著名的中小学。协会制定了"一进一出"的服务策略，"一进"是邀请知名作家进校园讲授文学，"一出"是海淀作协为孩子们的作品提供推荐发表的平台。"校园作协"先后组织刘兰芳、张玉清、王久辛、食指、王小民、葛竞等50多位知名作家走进校园，举办文学讲座100多场，受众数十万人；成功举办了两届北京中学生戏剧节；为同学们在《东方少年》《十月少年文学》《校园文学》《美文》等刊物上推荐发表600余篇文学作品。这些活动使小作协的会员在课余不仅得到了文学创作上的提高，也大大锻炼了他们在社会实践中的组织能力。人大附中的李沛航高中毕业后顺利考入了伯克利大学，李睿轩顺利考入了斯坦福大学。老威在欢送会上对他们说：

"无论将来你们走得多远，飞得多高，请不要忘记在'校园作协'的这段经历，不要忘了文学，忘了诗歌。"

又补充：

"把中国的诗歌带得越远越好。"

每当送走一个孩子，老威都会自掏腰包请上一顿饭。送走他们后，老威醉意阑珊地跨上那辆斯米特牌电动车，戴上头盔，消失在人潮涌动的北京街头。

是的，老威上下班就骑这辆车，他说：

"方便、自由，每天能多跑几个学校。"

当老威骑着这辆普通的不能再普通的电动车从你身边驶过的时候，大概谁也不会想到，他就是把海淀的文学热潮掀动得热火朝天、如火如荼的人，他就是义无返顾、任劳任怨带领海淀一批文学爱好者按照总书记的指引往文学高峰攀登的人。

老威是个自由职业者，已经十多年没有任何收入了，他现在凭着经商的积蓄完成着文学的梦想。

2019年11月25日，全国基层作协负责人、文学组织工作者增强"四力"专题培训班在厦门召开。老威代表北京市文学界参加会议并做交流发言，他以海淀作协建设的实践为基础，深刻阐述了"四力"在文艺建设方面的引领作用，在反思海淀作协自身问题的基础上，回答了"如何践行四力"的重大命题。他说：

"让'脚力'在实践中得到回声；找准方向，制定路线图；追求社会价值，用获得感作为衡量标准；增强'笔力'建设，牢记使命，不忘初心。"

大会分组讨论的时候，与会代表纷纷表示，老威的发言切合当前实际，海淀作协的实践对于建设基层作协具有重要的借鉴意义，大家很有获得感。

老威并不叫老威，这是认识他和熟悉海淀作协的作家们对他统一的爱称。

老威叫王威，北京市海淀区作家协会秘书长。

注：此文发表在《中华英才》2020年第2期。

北京创业者

——记北京北航天汇科技孵化器有限公司董事长李军

简介：李军，海淀区政协委员、致公党海淀区委主委、北京北航资产经营有限公司副总经理、北京北航科技园有限公司总经理、北京北航天汇科技孵化器有限公司董事长、北京北航星空科技发展有限公司董事长；科技部专家组成员、国家大学科技园评审组组长，开创了"建管分离"的大学科技园建设的北航模式。

2019年5月末的一天，在位于北京航空航天大学东南角的唯实大厦五楼，我见到了北京市第一家、也是国家第一家以公司制运作成立的孵化器掌舵人——北航天汇孵化器董事长李军。

两张略显陈旧的皮质沙发，一张极其普通的办公桌，两个铁皮书柜，把不足二十平方米的办公室就快占满了。书柜里堆满了奖杯和荣誉证书，其中就有科技部实施火炬计划十五周年"火炬计划先进个人"和科技部实施火炬计划二十周年"火炬计划先进个人"证书，在书柜一角的玻璃上，还放着海淀区人大代表选民证。

坐在沙发上，不经意地会看见办公桌底下摆放着三四双运动鞋，李军打趣地说，干这一行，身体不好可不行，所以平时比较爱运动。

"当年，我还曾组织过北京创业足球队，带着他们去大连参加过比赛，还打过北京青年大联盟的比赛。"

李军现在就住在北京语言大学，每天他也都是走着到办公室。

"小学在海淀区东升小学，中学在北航附中，大学在清华大学，然后在北航读研究生一直到现在，几十年的活动范围没有出过海淀，因为是老海淀，所以才会切身感受到诸多的变化，走在路上，也会想到很多过往……"

李军在孵化器行业已经二十多年，是国内最早一批做孵化器的，问他有什么难忘经历，李军一脸淡然：

"万事开头难。我们是国内最早一批做孵化器的，1999年，我们去工商注册公司，人家还不给注册，因为在当时的科技工商注册条类里，根本就没有孵化器这一类，报告几次提交上去都给驳回来了。后来，经过和工商部门几次探讨，重新在科技大类里添加了孵化器这一类，才注册下来。"

我说，是不是如果当时不去争取，我们国家的公司制孵化器还不知道什么时候才会有呢。

李军释然一乐，说算是吧，北航天汇成立之前做孵化器全部都是政府模式，各地方的科委开发区统一名称叫创业服务中心，他是第一个公司制注册运营孵化器的，走企业的模式，用市场的模式，用商业的模式来做孵化器，为这个行业创造出了一个新的模式。不过，从当时大形势来看，国家对这方面的布局和建设已经越来越重视了，当时的国家领导人贾庆林、李岚清等在不同场合多次提到孵化器发展。如果他们不做第一家，这第一名恐怕早就被人抢去了。

在百度词条中，孵化器是这样描述的："原指人工孵化禽蛋的设备，后引入经济领域，成为一种新型的社会经济组织。其职能是通过提供研发、生产、经营的场地，通讯、网络与办公等方面的共享设施，系统的培训与咨询，政策、融资、法律和市场推广等方面的支持，降低创业企业的创业风险和创业成本，提高企业的成活率和成功率。"

我问李军，作为最早从事孵化器建设的人，觉得做好孵化器的关键是什么。

李军说，成功孵化器的要素有：共享空间、共享服务、孵化企业、孵化器管理人员、扶持企业的优惠政策。企业孵化器为创业者提供良好的创业环境和条件，帮助创业者把发明和成果尽快形成商品进入市场，提供综合服务，帮助新兴的小企业迅速长大形成规模，为社会培养成功的企业和企业家。

概述起来，就是培育新兴科技领域高成长性企业和优秀企业家。

这两点，他一直秉持：北航天汇作为国内第一家采用公司制成立的孵化器，经过20年的发展，已经布局硬科技种子企业200余家，并且每年以30%速度递增，已经形成虚拟现实、人工智能、大数据、军民融合四大产业集群。累计孵化企业超过1200家，种子投资累计超过2000万元，主要聚集新一代信息技术、人工智能、虚拟现实、增强现实、智能制造、智慧生态体系以及航空航天领域创业群体。形成了围绕科技创业需求而搭建的具有北航特色的双创公共服务平台和专业技术开放服务平台，孵化场地面积达到21200平米，在孵企业近300家，为三十多个国家培育中国孵化器模式的管理人才。2000年经北京市科委认定为首批高新技术产业孵化基地，2004年经国家科技部认定为国家级孵化器，2016年和2017年连续两年被评为国家级A类优秀孵化器。而且，北航天汇的成立和发展对国内科技孵化器的发展也起到了前瞻性的推动和引导作用，孵化器从星星之火到如今遍地燎原，到目前，全国科技孵化器已经有4800多家。

1987年，中国第一家科技企业孵化器成立。从5个人的筹备小组，到十几万的管理大军；从武汉东湖的一处营房，到遍布全国大多数城市和乡镇；从服务3个项目，到孵化出上千个上市挂牌企业；从消化吸收外来的理念模式，到实力强大、蜚声世界……历经艰难跋涉、风霜磨砺。30年，我们国家走出了一条独具特色的中国创业孵化之路。我说，作为见证者和实际参与者，李军在这里面的贡献功不可没。

李军一听急忙摆手，说只是想一步一步把孵化器工作做扎实，把人才一拨又一拨输送出去。他曾到中央电视台参加过一个就业指导性质的栏目，面对现场很多求职的大学生，他问他们是不是都想当老板，看到大家都点点头，他接着说："有没有想到过一个老板的责任是什么？如果你没有想到老板意味着深远的责任，就先不要想着当老板，先把普通员工做好。有些年轻人好高骛远，只为单纯追求经济利益，几乎一年一个单位，看似薪水越来越高，实际上却是一步步在给自己未来的路添堵。为什么这么说呢？因为你在一个单位里工作不到一年，对这个单位实质性的工作并没有完全掌握，与这个单位关联的一些资源更是不会掌控，谈何积累和提高呢？一个年轻人在一个单位里，至少要工作三年，才有资本谈跳槽。这三年当中，

李军

不但要提升自身技能，更要搭建足够丰富的人脉，无论走到哪里，这些都是你个人永久的资历和经验，这些都会帮助你走向越来越高的人生平台，看到越来越不一样的人生风景。"

李军说，他这一观点，曾说给日本NEC公司中国总裁听，得到了对方的首肯，被当成NEC企业总训传达给每一个公司员工。

李军还说，智明星通的创立者唐彬森也很赞同这一观点。当年，正是李军的决定，智明星通才取得了第一笔20万元的启动资金。现如今，智明星通这个公司每年给国家创汇40亿美元，成长为全球顶级游戏公司和国内游戏出海的第一品牌。唐彬森多次提到，正是北航天汇的雪中送炭，才让他们得以起步。现在，北航天汇的孵化精神也已经成为他们企业文化的精粹。

说话期间，进来一个员工，对李军喊了一声"李老师"，让他签署一份文件，这个员工二十四五岁的样子，穿着很随意，一身休闲便装，短裤过膝。

我问李军："为何称你'李老师'？"

李军微笑说，他自己也不知道为什么，反正熟悉的员工们都这么叫他，而不是叫李总或者李董。可能"李总"或者"李董"给人距离感吧，都不如"老师"亲切和随和。

李军的父母都是北京大学哲学系的高才生，后来分别进入北京大学和北京语言大学担任哲学教授，李军自幼就出入大学校园，很早就对哲学有浓厚兴趣，《说三国讲哲学》《说水浒讲哲学》等烂熟于心。只是，在那个时期，大多数国人还是倾向理工科，"学会数理化，走遍天下也不怕"的理念深入人心。1985年，李军考入清华大学学习精密仪器，1990年大学毕业，到北京航空航天大学读研学习机械工程，1993年研究生毕业，留校任用，进入北京航空航天大学科技处。

受着父母家学的熏陶，李军对老师的身份有着难以割舍的情感，即便最初不在教学岗，即便日后身处商业大潮中，都把教书育人的理念深深根植于实践中。

在整个谈话的过程中，李军说的最多的是一步一个脚印，踏踏实实地把孵化器做好，孵化企业也孵化人才。

一步一个脚印，在中国的语言表达里是最为常见也最为实用的一种说法，但践行起来，却相当不容易。二十多年来，李军总结出，要想大浪淘沙不被淘汰，必须创新，创新就有发展，就有生机，否则企业只是昙花一现。

作者与李军合影

李军用三个阶段来概述北航天汇的发展：第一个阶段是天汇1.0版本，仅仅是探索依托高校资源，成果转化的服务模式；第二阶段是天汇2.0版本，也就是2004—2010年，北航天汇以增值服务为主，讲的是生存之道，探讨孵化器到底怎么发展，孵化器是不是要变成盈利的孵化器，主要是服务成果转化平台；从2011年到2018年，北航天汇进入到3.0时代，自身特色形成，抓源头，以学校实验室、学校工程技术中心为依托，挖掘项目，对接产业资源，以得到更好的能落地的项目，同时助力学校老师、在校学生开展创新创业工作，利用与学校合作的有利条件，发挥科技政策与技术经济的集成效应，实现创新与创业相结合，提升低成本、全方位、专业化的科技双创服务能力，同时完善"服务+投资"的双创模式，仅在这个阶段北航天汇就挖掘了学校超过70个实验室团队的项目，转化学校成果和大学生项目超过150个，概括地讲就是构建垂直领域产业孵化链条。

李军告诉我，下一步，北航天汇孵化器即将开启4.0阶段："汇·创"模式的新探索——以孵化器加速为核心，搭建云服务平台，通过投资、运营、服务三大功能，形成相辅相成的生态链条，打造全智能型孵化器运营模式。

一边听李军的描述，一边翻看关于北航天汇的一些资料，更清楚地看到了北航天汇二十年来的创新之路：

北航天汇的成立为中国孵化器行业创造出了一个新的模式，当时堪称创举；但公司成立之初，仅仅是定位在孵化，而今已经构建了"众创空间+孵化器+加速器"的全链条孵化体系。以充分发挥高校创新源头引领作用为核心；以提升"低成本、全方位、专业化"科技双创专业服务能力为重点；以促进广大科技人员、大学生创新创业为抓手；以开放高校重点实验室、工程技术研究中心、行业龙头企业测试与社会加工设备资源等为创新动能，促进创新环境、科技人才、技术与成果、专业化服务、金融资本等各类创新性关键要素的有效集成。在成果转化企业落地路径上，北航天汇也不断完善，以提供创业空间及基础服务为依托，广泛整合社会性服务资源，导入科技创新性资源，建立服务流程与标准，创建战略新兴产业源头企业专业化服务模式。为在孵企业提供具有针对性的孵化服务及指向性项目信息的同时，为在孵企业提供有效且延续性强的资本助力。有效降低企业创业风险和创业成本，提高企业的成活率和成功率。在成果转化孵化服务平台方面，北航天汇不断优化，结合孵化器独有的公共服务与技术服务平台，对应创业企业不同发展阶段服务需求、专业化程度、个性化特色，建立服务流程与标准，提供相应的匹配性孵化培育服务。同时，不断开拓资源共享空间，通过与北航科技园、北航留学人员创业园实现资源共享，促进创新资源的有效集聚与聚合，吸引具有国际视野和战略眼光的创新领军人才。为此，于2009年成立了北航国家大学科技园，接着又成立了留学生产业园，着重引进创业团队完备、创新研发能力出众、拥有自主知识产权的优秀留学人员创业企业，推进留学人员创业企业群体集聚，培育中关村创新示范区新的产业热点，努力打造"环北京知识创新圈"。

在我离开之际，李军邀请我参加"大学科技园双创升级"的一个论坛，论坛主题是"汇聚双创活力，澎湃发展动力"，论坛同时也是北航天汇孵化器20周年的一个纪念活动，届时可以更加详细了解中国高校孵化器的发展进程和趋势。

我欣然应允。

2019年6月10日，按约定时间，我来到唯实大厦底楼的时候，活动已经开始，200多人的会场，坐满了北航国家大学科技园、清华大学科技园、同济大学科技园、东南大学科技园等国内十多家知名大学科技园负责人、十多家主流投资方、数十家创孵机构负责人以及其他企业家等，正在主席台发言的是清华科技园创始人、启迪控股荣誉董事长、中国大学科技园联盟理事长梅萌，他说：

"我要说的第二个词是奉献，像李军，30岁就开始从事大学科技园、从事孵化器的工作，说你大半生有点早，你的前半生都已经放在这儿了。一个人做一个事情并不难，难的是三年、五年、八年、十年、二十年做一个事情，这里就有境界、情怀、理想和抱负……做孵化器是奉献，真的是燃烧自己，照亮别人，做孵化器是很有境界、情怀的，在境界、情怀里李军打拼了20多年，我们应该向他致敬……"

全场掌声雷动。

我想这掌声是送给北航天汇孵化器20周年，更是送给李军最好的礼物。

北京公务员

——记海淀体育局冬运办副主任丹红

丹红太忙了。

9月份接到采访任务就给丹红打电话，他正在北京顺义一个雪场物色优秀的运动员。过了几天，又给他打电话，才知道他又去了延庆，和"相约北京"冬奥会筹备组委会的相关人员实地考察。三天后，电话再打过去，他正在五棵松体育馆就冬奥会测试赛中的冰球世界锦标赛进行相关"跟岗"准备工作。一直到10月底的一个周末，我才在海淀区体育局办公楼三层的办公室里见到丹红。一米九四的身高，因为瘦，显得更高，穿一身红白相间的运动服，简单干练。面带微笑的丹红，一见面就表示歉意，说真是不好意思，因为自己事务繁多，一再耽误了我的采访任务，尤其是还占用了我周末休息的时间：

"我自己习惯了周六日上班，所以都忘记了今天是周日……"

丹红虽然是海淀冬运办的领导，却和其他三个体育局同事共用一间办公室，坐在他略显拥挤杂乱的办公桌旁，话题首先就从体育说起。

来自吉林省吉林市的丹红从小就喜欢体育，少年时期因为身材高大，很早就被校田径队看上，小学三年级又被校篮球队"挖角"，从此开始了他精彩的篮球生涯。初中的时候，丹红个子已经蹿到了一米八，在篮球比赛中有胜无败。到高二的时候，他带领吉林一中校队取得了学校在吉林市中学生篮球比赛中的第十七个冠军，让他学生时期的篮球生涯到达了巅峰。1998年丹红考入北京体育大学，学习体育管理专业，2002年进入海淀区体育局工作，一直从事全民健身工作，几乎跑遍了海淀的每一个社区。

"体育运动让我有成就感，我希望让更多的人加入这项有成就感的活动中。不过，那时候，说起海淀体育工作的时候，仅仅是群众体育、竞技体育，但是现在我们再说起海淀体育工作的时候，多了一个类别，叫作'冰雪运动'。2016年5月，海淀区出台《海淀区发展冰雪运动行动计划（2016—2022年）》，提出到2022年，海淀区参与冰雪运动、冰雪活动、冰雪运动知识普及的人口要达到120万，冬奥会、观赛礼仪和冰雪运动知识进校园覆盖率达到100%，海淀区输送的运动员力争参加北京2022年冬奥会，新建海淀区冬季综合运动中心，到2022年，全区冰雪体育产业收入规模超过60亿元。这些让我们很有紧迫感……"

我非常理解丹红所说的紧迫感。不光海淀区逐步推广冰雪运动，北京市乃至国家都开始越来越重视冰雪运动。而这一切都源于2015年7月31日，国际奥委会所作出的一个重要决定。当国际奥委会主席巴赫喊出"北京"的那一刻，北京携手张家口赢得了2022年冬奥会举办权。正是从那一刻，北京成为了世界上第一个既举办过夏季奥运会又将举办冬季奥运会的"双奥城市"；也正是从那一刻，14亿中国人的热情自2008年之后再次因冰雪而被彻底点燃。

冬季奥林匹克运动会简称冬季奥运会、冬奥会，是世界规模最大的冬季综合性运动会，每四年举办一届，1994年起与夏季奥林匹克运动会相间举行。参与国分布在世界各地，包括欧洲、非洲、美洲、亚洲、大洋洲，由国际奥林匹克委员会主办。此前的23届冬奥会大多在欧美国家举办，亚洲只有日本札幌、长野和韩国平昌举办过。2018年2月25日，平昌冬奥会正式闭幕，北京接过了奥林匹克会旗，意味着冬奥会在近100年后来到中国，让国人有了新的期待与梦想。

筹办好北京冬奥会与北京冬残奥会无论是对加快推进体育强国建设，还是对体育事业长远发展，都意义深远。首先，筹办好2022年冬奥会可以更好地展示我们这个大党、大国的风采，这是中国发展与奥林匹克运动的携手共进。同时，2022年冬奥会也是一个很好的传播平台。在这个举世瞩目的平台上，展示的是中国的办赛能力和发展成就，传播的则是奥林匹克运动的独特魅力和动人的中国故事。如果说2008年奥运会更多讲述的是中国融入世界的故事，那么，2022年冬奥会将更多讲述的是中国与世界同频共振并奏响和谐乐章的故事。

从更具体的层面来说，随着2022年北京冬奥会申办成功，我国冬季体育运动发展将迎来重要历史机遇，全国的冬季运动一定能进一步得到推广，而冬季运动的普及与发展，对于我国冰雪产业来说也是一个很好的拉动，更广阔的人群接触到冰雪运动将成为可能。滑雪、滑冰、冰球、冰壶等运动会越来越贴近群众，我国实现冰雪运动大国的目标将不再遥远。

作为一个从事了14年基层社会体育工作的工作者，丹红从来都没有想过自己会和冰雪运动有什么联系，直到2016年9月，一份任职通知将他从工作了14年的社会体育工作岗位调整到了"冬运办"，也就是冬季运动领导小组办公室。能参与这样一次盛会，丹红异常兴奋：

"我想这是所有体育爱好者最大的荣幸。"

普及和推广冬季运动项目要着重从青少年抓起，他们是我国冬季运动项目的未

2008年丹红在北京奥运会期间工作照

来和希望，但刚到"冬运办"的丹红有些犯难：作为一个负责开展全区青少年冰雪项目训练的单位，面临的是无队员、无教练、无场地的"三无"状况。在这种状况下，开展海淀区的青少年冰雪项目，这简直就是不可能完成的任务。

一个最现实的问题，队员从哪来？没有队员谈何开展工作？！队员是开展一切工作的基础。丹红介绍说，北京的冰雪运动在冬奥申办成功以前都是市场化运营，就是俱乐部运营模式，运动员都是各个俱乐部的。

"于是，我们就去俱乐部中找队员，从昌平到顺义再到延庆，跑遍了北京各个冰场、雪场，见到好的队员就过去搭讪……"

丹红说，以前他是一个不善于表达的人，大家都知道这一点。2007年，他以借调的身份进入奥组委文化活动部，到了年底，当得知国家游泳中心颁奖负责人空缺时，他主动向领导请缨，挑起了负责水立方奥运会42项颁奖仪式和残奥会140项颁奖仪式的重任，并圆满出色地完成了任务，这成为他从事体育事业最精彩的一段经历。那期间，一名大会通讯报道员在采写他的稿件中这样描述：

"丹红，是个沉默腼腆的人……"

但是现在，只要听说有好的运动员苗子，丹红就主动去找人家，主动搭话，想尽办法做说服工作，这已经成了他的"职业病"：

"喜欢滑雪的孩子们都知道，第一次从出发台滑下的那一瞬间，会感受到激情、刺激与速度，这种'速度与激情'的魅力是其他运动项目无法比拟的，经过一个又一个不同的滑雪阶段，过往的感受都沉淀成为成长的财富，滑雪者的性格也变得更加沉稳，更有自信。

"对真正喜欢冰球的孩子们来说，冰球场就是生活场。队友之间互相鼓励的欢乐，参加比赛的刺激，苦练动作而不成的失落，解锁新动作的激动，都在这里感受得到。

"短道速滑运动员不仅能体会到冰上运动的速度与激情，更能从一次次冲击的过程中，看到不一样的人生风景，获得无限的力量。"

……

从丹红对每一项冬季运动项目详细而富有激情的描述和概括中，不难看出他对这些项目的热爱，对这项工作的热情。

李丰丰、翟越、祖航悦、王海卓、国竟铎原本是新疆丝绸之路滑雪场的运动员，丹红通过业内人士了解到他们是不可多得的冰雪运动苗子，好好培养，将来一定可以为全区滑雪运动注入活力。为了抢先签到他们，丹红带着注册机器马不停蹄远赴新疆乌鲁木齐水西沟镇签下了他们。2017年春节前，丹红通过多种渠道物色到一个滑雪小将宋泽铭，除夕当天才取得联系，却被告知宋泽铭初六就将出国训练。为了不错过这个好苗子，刚刚回到吉林老家探亲的丹红决定提前结束休假，老母亲很是舍不得他离开，除夕夜他给母亲做了一晚上解释工作，大年初一就告别年迈的双亲，踏上了返回北京的列车。初二一大早专程登门拜访，完成了宋泽铭的注册签注。有些运动员是在校高中生，学习任务重，时间紧，为了节省他们宝贵的训练、学习时间，丹红就带着冬运办另外一名同志，主动跑到学校，利用孩子们的课余时间，见缝插针地给孩子们集中办理注册，这些孩子平日里是全日制在读学生，而当他们脱下校服，穿上雪服，踏上滑板，便化身为驰骋雪场的"热雪"少年。后来，他们又申请开通了"海淀体育"微信公众号，不间断地推广宣传。

"因为我总是发这个推送号，我的同学、朋友们都跟我开玩笑说，叫我'海淀体育推销员'。"

无论如何，丹红所做的一系列努力没有白费，慢慢的，注册的冰雪运动员人数越来越多，2019年，海淀区注册冰雪项目业余运动员已达1537人，位居全市各区之首。

运动员有了，新的问题又出现了，那就是怎么训练？

丹红虽然全程参与过北京夏季奥运盛会相关工作，但是，冰雪项目与夏季项目有很大的不同。夏季项目有着一套完整的体系，而冰雪项目作为新生事物，必须要进行创新发展，有其特殊性，场馆布局、项目筹办进展都是具有挑战性的难题。

如何打破这个瓶颈？

丹红说，只有学习：看比赛转播，主动拜访曾经参加过冬奥会赛事的相关运动员、领队，向他们去咨询，从2018年开始实施"跟岗计划"——观摩"相约北京"冬奥会各项赛前测试赛，本着纯帮忙，不添乱的原则，全程学习。今年11月还将去

丹红工作照

重庆，到"中国杯"花样滑冰锦标赛上跟岗学习……

随着探索学习的深入，丹红和冬运办的同事们探索创新了三种办队模式：第一种是"市场合作"办队模式，也就是通过公开遴选的方式确定委托训练服务企业，并签订委托服务协议；第二种是"体教合作"办队模式，通过更精准的政策、更有力的措施，积极争取与区内中小学校联办运动队；第三种是"自主培养"办队模式，针对滑雪、花样滑冰等个人项目，采取政府补贴、自主培养、独立训练的模式进行训练。通过一系列行之有效的措施，解决了冰雪项目的业余训练问题。

思路清晰了，就开始大刀阔斧地运作实施，做汇报、跑政策、签协议、看场馆、定方案、办赛事，走访、调研、观摩，这些成为丹红工作的常态，天天忙得脚不沾地。仅2018年，海淀区就成功举办了第三届海淀区中小学冰球联赛、北京首个区级青少年冰上项目系列锦标赛、海淀区青少年短道速滑锦标赛暨北京市冬运会选拔赛、青少年花样滑冰锦标赛暨市冬运会选拔赛、海淀区青少年女子冰球锦标赛暨全国女子冰球邀请赛、2018年海淀区青少年冰壶锦标赛暨北京青少年冰壶邀请赛等大大小小十多场赛事。同时，还组织了扎实有效的冰雪项目业余训练，积极为冰雪项目运动队搭建平台，采用学期日常训练和寒暑期集中训练相结合的方式，聘请高水平教练执教。先后组织海淀区短道速滑队赴首钢国家冬奥训练中心封闭集训30天、海淀区滑雪队赴哈尔滨万达室内滑雪场封闭集训15天、海淀区冰壶队赴怀柔中体奥冰壶基地封闭集训14天，有效地提高了运动员的技战术水平，为市冬运会参赛打下了良好基础。

丹红工作在海淀圆明园一带，但家在崇文门附近，距离21公里，正好是半个马拉松的距离。为了赶时间，丹红总是早出晚归，根本顾不上家，家中大小事都压在妻子一人身上，加上8岁的女儿和7岁的儿子，妻子的辛苦可想而知。他的妻子是崇文门社区一名基层工作者，为了丈夫，为了丈夫从事的事业，无怨无悔地承担着家庭的诸多重任。

"她说我做的事儿很值得，也为我做的工作感到骄傲……"

有一天清晨，8岁的女儿醒得早，抱着即将离家的丹红就是不放手，因为她已经一个多月没有见到爸爸了，她多想在爸爸宽厚的胸怀里撒撒娇啊，她多想让爸爸送自己去学校啊……

说到这里，丹红想努力露一个微笑，但是却没有笑出来。

丹红说，在他的影响和带动下，孩子们也对体育运动表现出了极大的热情，女儿喜欢网球，每个周末都坚持去场馆练习，从不间断；儿子喜欢游泳和象棋，每逢节假日就投入到这两项喜欢的运动中。两个孩子都表现出了同龄孩子少有的毅力。丹红说，体育运动可以提高大脑的机敏性，开发智力，提高思考、学习、记忆、决策和处理信息等能力，而这些能力对课堂学习有非常重要的影响：

"孩子们在运动中收获的奋斗精神正潜移默化地影响他们生活的方方面面，这一点我很欣喜。"

丹红说，最欣慰的是，所做的这些都有了回报：

"'道固远，笃行可至；事虽巨，坚为必成。'这是我最欣赏的一句话，几乎成了我的座右铭了。"

三年时间，海淀区已经发展市级冰雪运动特色校14所，区级冰雪运动试点学校50所，奥林匹克教育示范校9所，共计约11万人参与了冰雪运动，已连续四年举办海淀区中小学冰球联赛，比赛规模从2016年第一届联赛的15所中小学，22支冰球队，47场比赛，发展到2019年第四届联赛的62所中小学，48支学校球队以及11支学区球队，137场比赛。

中国在冬奥会运动项目中有三分之一是具有竞争力的，例如短道速滑、花样滑冰以及自由式滑雪空中技巧，都是历届冬奥会雷打不动的奖牌争夺点；有三分之一的项目没有竞争力，仅可以参与，例如冰球、冬季两项等；还有三分之一从没有开展过，零基础，例如雪橇、雪车和单板滑雪大跳台等。奥运冠军杨扬就曾表示：

"现在，我们有三分之一的冬奥会项目是刚刚开展，在起步阶段，有很多雪上项目都是在国外训练……"

2018年，海淀区成功举办了北京首个区级青少年冰雪项目系列锦标赛，涵盖短道速滑、花样滑冰、冰球、冰壶、滑雪等，实现了冰上项目区级锦标赛全覆盖。

国家奥组委曾提出，必须高质量做好冬奥会筹办工作。所谓高质量做好备战工作，对于东道主来说，也即意味着参赛的范围要尽量做到全覆盖。从这一点上，海淀走到了北京市各区县的前面。

在政策的引导下，在丹红的努力下，海淀区的优秀运动员也不断涌现：花样滑冰运动员陈虹伊，2018赛季代表中国女单参加包括花滑世锦赛在内几乎全部国际赛事；短道速滑运动员王晔刚刚13岁，便入选最新一期李琰执教的短道速滑国家队；滑雪运动员宋雯淼为北京摘得全国第二届青年运动会首枚金牌；安香怡年仅12岁便获得全国花样滑冰大奖赛成年组冠军。

按照冬奥会相关规定，安香怡将无法参加北京冬奥会，为此她给国际奥委会副主席小萨马兰奇写了一封信，在信中，安香怡以自信、恳切的言语介绍了自己花样滑冰的成长历程，谈到了自己的梦想和目标，在多数同龄孩子还是温室中小花的时候，她就以坚定的话语告诉大家，她的梦想是参加北京冬奥会，但是很遗憾，因为年龄不到不能参赛，所以她希望换个角色参与到北京冬奥会中：

"在冬奥会的表演舞台上表演，与夏奥最美项目结合起来，滑一套冰上的彩带之舞。"

在北京电视台的一次采访中，记者采访到了国际奥委会副主席小萨马兰奇先生，并转述了安香怡的信件内容。听完记者的转述后，萨马兰奇先生非常高兴，对记者激动地表示，激励全世界的应该是像安香怡一样的新生代运动员，我们的工作是给真正的体育英雄搭建这样的舞台，让他们去激励全世界，而安香怡就是将来的奥运英雄。

海淀区运动员的成长加快了全区冰雪运动的普及和开展，为全区营造了浓厚的冬奥氛围。几年来，海淀区多次组队参加了全国"未来之星"冬季阳光体育大会，女子冰球项目获银牌，滑雪项目获1金2银2铜；参加了全国青少年U系列滑冰比赛区域赛，获8项冠军；参加了全国青少年（中小学生）U系列冰球锦标赛，男子冰球U10项目获银牌；在全国第二届青年运动会冬季项目比赛中，海淀区共参加4个大项，获得8枚金牌，海淀区队员为北京代表团获得首金；在北京市第一届冬季运动会上，海淀区取得32金15银12铜的成绩，位列金牌榜第一，海淀代表团还获体育道德风尚奖，取得了运动成绩和精神文明的双丰收。

与此同时，全区群众参与冰雪活动的热情也得到激发，海淀区连续五年举办了北京市民快乐冰雪季系列活动暨迎冬奥——海淀及张家口冰雪挑战季，参与人次从2016年的5000人次发展到2019年预计10000人次。丰富多彩的群众冰雪活动如火如荼：连续三年组织海淀辖区内的企事业职工、机关干部开展海淀区职工冰壶体验赛，三年累计参与人次达500余人；开展海淀区冰雪运动推广体验活动，先后开展仿真冰上冰体验活动26场、在专业的室内冰场开展上冰体验活动10余场，开展冰雪知识讲座14场。各街镇群众性冰雪系列活动异彩纷呈：青龙桥街道举行"悦动青龙桥"颐和园冰雪季活动；西三旗街道举办"共迎激情冬奥·乐享冰雪奇缘"地区首届冰雪欢乐节；田村路街道首届冰雪嘉年华系列活动；万寿路街道开展滑冰体验活动；西北旺镇组织"相约2022，北京冰雪文化节"冰雪体验活动……

冰雪运动的普及和推广拉动了海淀冰雪产业的迅猛发展，截至目前，全区已建成的冰场有五彩冰酷运动中心1片室内冰场、启迪宏奥冰上运动发展中心2片室内冰场、冠军溜冰场1片室内冰场、五棵松体育馆1片室内冰篮转换冰场、五棵松HI-ICE冰上运动中心1片室外冰场、悦动体育文化中心1片室内冰场、华星阜石路冰上运动中心2片室内冰场、北京体育大学冰上运动中心1片室内冰场、人大附中航天校区1片室内冰场、稻香湖1片室内冰场等共计10片室内冰场、1片室外冰场、1片冰篮转换冰场，在建中的还有14片室内冰场、1片室外冰场。

忙碌和辛劳换来了成绩和喜悦，这背后一定很累。丹红笑起来，却说：

"人这一辈子，能赶上几次这么隆重盛大的活动啊，不但能参与这项活动，还能为这项活动做点贡献，是每一个体育工作者的光荣啊，我觉得很荣幸。"

我问丹红，在他努力的工作下，海淀区的冬季运动项目从无到有，再到取得优异成绩，是不是让他倍感自豪和骄傲。他急忙摇手说，自己只是做了应该做的事情，没有什么值得骄傲和宣扬的，不用和其他基层体育工作者比较，就是和他大学同学相比，他觉得自己都不是最优秀的：

"我们大学28名同学，有一多半工作在各区县体育战线的基层，都在日日夜夜地为了冬奥会做着卓有成效的工作，他们的付出比我多，他们的成绩也比我多。"

谈到下一步的工作，丹红说，成绩说明过去，未来还有太多工作要开展和实施，会在深入总结北京市第一届冬季运动会各冬季项目比赛的基础上，进一步调整组建运动队伍，做好新周期冬季项目运动员注册工作，组建各项目备战队伍和加强梯队建设，扩充青少年冰雪运动项目人才厚度。同时，深入研究训练规律，提高训练质量和效率，采取自主训练和集中训练相结合，还要出台海淀区青少年冰雪队伍管理办法，加强对运动员的管理，充分调动培训机构的主观能动性，加强对训练计划、训练总结等训练过程的监控。随着2022年冬奥会的临近，全国及北京市的高水平冰雪赛事活动会越来越多，那么海淀区要积极参与这些赛事，储备大赛经验，提高运动员技能，还要积极举办比赛，重点打造海淀品牌赛事，为新周期海淀区青少年冰雪运动发展打下坚实基础。

丹红说，最重要的工作是履行主体责任，做好冬奥测试赛筹办。这三项赛事分别是2020年12月在首都体育馆举行的2020—2021国际滑联短道速滑世界杯，赛程预计4天，参赛国家预计40个左右，运动员人数200多名，技术官员50多人（含国际官员20人左右）；2020年12月9—13日在首都体育馆举行的2020年国际滑联花样滑冰大奖赛总决赛，赛程预计3天，参赛国家10多个，运动员人数60名左右，技术官员120多人（含国际官员80名左右）；2021年2—4月在五棵松体育中心举行的2021年国际冰联女子冰球世界锦标赛，赛程预计7天，参赛国家10个左右，运动员人数200名左右，技术官员40多人（含国际官员20名左右）。目前，海淀区体育局冬运办已经和北京冬奥组委、国家体育总局冬季运动管理中心、北京市体育局、中国滑冰协会、中国花样滑冰协会、中国冰球协会、五棵松体育馆、首都体育馆等相关单位密切联系，形成沟通机制，对接工作进展顺利。根据北京冬奥组委的统一部署，海淀冬运办制定了《"相约北京"冬奥会测试赛海淀区筹备相关工作安排（讨论

丹红工作照

作者与丹红合影

稿）》，成立了冬奥会测试赛筹备工作委员会，下设筹备工作专班，按照北京冬奥组委"场馆化"的要求，组建三项测试赛场馆运行团队，转入"测试就绪阶段"，确保三项测试赛前相关的场馆到位、人员到位、保障到位。以三项测试赛为实践，为冬奥会筹办奠定坚实基础。

　　我问丹红，作为筹备工作专班成员，是不是意味着压力更大，会不会更加忙碌。

　　丹红说，为热爱的事情而坚持，虽然累，但是很快乐。

　　结束采访，丹红和我一起走出海淀区体育局，他还得去一趟五棵松体育馆，就下一项赛事的跟岗工作做一下部署。望着他远去的背影，我内心颇不平静：

　　我国关于冰雪运动的记载已有上千年的历史，据《隋书》记载，1400多年前身居大兴安岭一带的"室韦人"已曾"骑木而行"；据《中国体育史》记录，元代也有进行冰雪运动的记载："激而行之雪中冰上，可及奔马。"但是这项运动一直没有得到普及。1980年2月，中国冬奥代表团一行36人参加了在美国普莱西德湖举行的第十三届冬奥会，这是中华人民共和国冰雪健儿首登国际舞台，五星红旗开始在冬季奥林匹克赛场飘扬。但滑冰和滑雪在我国还都属小众项目，主要是黑龙江、吉林等寒冷地区的专业队在训练。直到20世纪末，北京才成立了第一家滑冰俱乐部——世纪星滑冰俱乐部。首次参加冬奥会以来，我国的冬季运动项目不断发展，1996年第三届亚冬会在黑龙江亚布力举行，滑雪逐渐成为时尚运动。2007年亚冬会后，我国的滑雪条件开始有了巨大改善。2008年中国成功举办了北京奥运会，我国的冬季体育运动也由此进入快速发展期。2015年我国成功申办2022年冬奥会后，全国出现了新的滑雪热潮，滑雪场数量和滑雪人数快速增长，如今我国的滑雪场已达703个，滑雪人数1570万；室内冰场也如雨后春笋般增加，到2019年，我国已拥有室内冰场250个，到2022年北京冬奥会时，室内冰场将增至600个。

北大校长蔡元培曾说："完全人格，首在体育。"

申办2022年北京冬奥会时，我国向国际奥委会和国际社会庄严承诺，要利用筹备北京冬奥会的历史契机，在中国大力发展冰雪运动，"带动三亿人参与冰雪运动"。为此，国家体育总局出台政策，各省市积极配合，全社会参与，短短几年，随着"北冰南展西扩"战略的实施，冰雪运动逐渐普及，参与人数逐年增长，呈现出东西南北中多点开花的良好态势。上海、江苏、广东、重庆、甘肃等南方和西部省市开始举办短道速滑、花样滑冰、冰壶等国际大赛。冰雪运动逐渐进入人们的生活，成为大众欢迎的休闲娱乐方式。

所有这些成绩的背后，所有这些梦想的实现，又有多少像丹红这样的基层体育工作者劳碌的身影和付出呢？

丹红只是中国千万基层体育运动工作者的小小缩影，他们默默无闻，勤勤恳恳，埋头在基层，没有鲜花簇拥，没有掌声雷动，有的只是付出和奉献，付出的是对体育事业的热情，奉献的是对国家无以言表的忠诚。

回到家中，再次拿出海淀区委宣传部给我们的采写名单，才注意到《2019海淀表达》整体分三部分：海淀记忆、海淀发展和海淀未来。海淀未来总共四位被采写对象，丹红被放在首位。

我们永远身在此岸，遥望彼岸，彼岸就是梦想，就是希望，就是未来。梦想要开花，希望要实现，未来要美好，一切都要从付出和奉献开始。

相信，海淀的青少年冰雪竞技运动会继续走在北京各区前列，在体育领域走出一道独特的海淀风景，因为，有丹红。

相信，即将到来的2020年"相约北京"冬奥会测试赛一定会圆满成功，一定会在世界奥运史上再次闪耀不可替代的光辉。因为，有太多太多像丹红这样的体育运动基层工作者。

相信，2022年北京冬奥会定会是我国冰雪梦想新的开始，更是梦想的超越，我国的冰雪运动会由此走上飞速发展的轨道，因为，丹红们的故事不仅在海淀，在北京，而且在祖国的角角落落，持续上演着，他们是我国冰雪运动普及推广的主力军和先行者，正在凭借对体育事业、对国家的一腔热情和忠诚，帮助无数喜欢冰雪运动的青少年们托举起他们的"冰雪梦"，一步一个脚印地推动着我们国家向着冬季运动大国的方向迈进着……

冰心在玉壶，丹心向阳红。

创作手记：

2019年10月，海淀作协分派《2019海淀表达》采访任务的时候，是我自己挑选了丹红。我想，虽然自己不能直接参与2022冬奥会工作，但是能为参与这场盛会的相关人员做好宣传和报道，也算是尽了一点微薄之力，以此聊做慰藉吧。

没有想到采访很不顺利。

几次打电话约见，都被拒绝，理由是"太忙了"。好不容易约好了见面，谁料到丹红却记错了时间，直接放了我的"鸽子"。怨气之下，我甚至想放弃这次采访。

但是，等到见面详谈，了解了丹红工作的性质、内容和成绩，我才明白，丹红真的很忙：整个海淀冬运办仅有3名员工，但是要开展的却是一系列繁多、毫无经验可言、完全是摸索探寻的工作，从零基础的青少年冰雪运动普及，到群众性冰雪运动开展，再到冬奥会场馆建设及接待筹备，全都是丹红这几个人在负责。

不忙才怪。

他没有时间照顾家庭，更没有时间宣传自己，也不想把时间耽误在宣传自己上，他一心只想着怎么把海淀的冬运工作做细做牢做扎实。

看着面前一系列成就的数字，听着丹红列举的一连串已经走出海淀的优秀运动员的名字，内心真的被感动，感动于他作为一名体育人对体育事业的执着，感动于他作为一名基层体育工作者对于国家冬奥事业的赤诚。

希望能让更多的人分享这种感动。

注：此文被《2019海淀表达》收录。

第二章

北京名人

随和可亲的大导演

——我眼中的电影艺术家谢铁骊

北京的长安街是中国最重要的一条街，一般是指从东单到西单这段距离，从西单往西依次是复兴门内大街、复兴门外大街，遇到我们国家的重大节日，住在街边的住户推窗就可以看见外面的盛况。

每次经过这个地段，都会想起已故的谢铁骊导演，他的家就在这里。

在中国的电影界，谢铁骊的名字如雷贯耳，地位非同一般。他曾任中国电影艺术家协会主席、中国重大影视题材领导审查小组成员、中国夏衍电影学会会长等职，是中国第三代电影导演的代表人物，先后拍摄过《早春二月》《暴风骤雨》《海霞》《知音》《包氏父子》《红楼梦》（故事版六部）等电影作品，几乎每一部都成为中国电影史上的经典之作，受到过周恩来、邓小平、江泽民、胡锦涛等几代领导人的亲切接见。

大家可能想不到，这位艺术成就累累、蜚声中国影坛的大电影艺术家，14岁参加了新四军，新中国成立以后才接触电影，完全自学成才，是中国"红小鬼"出身的艺术家中最有成就的一位。

因为在电影频道工作的缘故，我有幸和谢铁骊老爷子有过多次合作。

前几次，都是做中央电视台的晚会和节目访谈。谢老爷子给我的印象并不是特别深刻，唯有些儒雅，唯说话音量偏高。有一次在节目录制现场吃饭，老爷子也不例外地和我们一起吃盒饭，饭吃完后，小制片上前表示帮忙扔掉，被老人家拒绝了，他看了看饭盒里面的饭菜，说这么多扔掉多可惜，表示下一顿还是可以继续吃的，说完就郑重其事地打了包要带回家去。

2007年6月下旬，我要拍摄北影演员剧团演员黄小雷的纪录片，因为黄小雷出演过谢老的几个片子，对他比较熟知，所以就希望谢老配合采访。黄小雷表示采访谢老的确很有分量，但是谢老位高权重，时时参与国家电影界一些重大活动，恐没有时间应付这些琐碎访谈，何况年事已高，精力也有限，所以采访不一定能成行。我抱着试试看的态度，当晚就把电话打到了谢老家，电话里听得出，老人家正在看电视，电视声音特别大，为了听清我说话，他吩咐家人调小了电视音量，听明白来意后，马上表示出对黄小雷的熟悉：

"这个演员，我负责任地说，是个好演员。"

而后，他又吩咐家人查看一下第二天的日程安排，慢条斯理地告诉我们，第二天上午需要到电影总局参加一个会议，最好下午五点再联系一下。

和我一起的摄像一听，神情黯淡，表示采访无望了：

"你想啊，老先生五点才回到家，那还不休息一个小时，到时候怎么再采访？这明显就是在拒绝我们。"

摄像所说言之有理，可也没其他办法，只好照做。到了第二天约定时间，我抱着试试看的心态，打过电话去，接电话的还真是老人家本人，他马上就听出了我的声音，嘿嘿一乐，依旧慢条斯理地说：

"你还真是准时，我刚刚参加完那个剪彩回来，刚刚进门。这样吧，你现在来吧，我喝口水等你。"

这个回答出乎我们意料，有点惊讶，更多的是欣喜。来不及多说，我立即带着摄制组赶往他家。等到了路上，才意识到还不是很清楚老人的住址，只好再把电话打过去，老人家在电话里说了半天我也没听明白，最后他急中生智，告知我们到复兴门再打电话，他再告诉怎么走。

到了复兴门，电话打过去，老人家终于说明了位置。

很宽敞的房子，到处充满了文化味，客厅里、书房里摆满了各式各样的奖杯和奖状。

老人穿一件大概已经有三四年历史的、田间地头农村老头儿穿的那种白色老头

衫——摄像事后说："天哪，朴素得不敢相信！"

可事实是，他就穿这么一件背心，站在客厅里迎接我们，在他背后，是国家领导人接见他的一幅大照片。

谢老细声细语地问我们是否需要打灯，我们说需要，他立刻转身去关掉了空调，解释说不然就要跳闸。而后，老人家又认真地征求我们的意见：

"你们不怕热吧？需要我去把窗户打开吗？"

我们有些受宠若惊，急忙表示没关系。

等到他坐下来，对着摄像机，语气一下子铿锵了起来，先是小心地询问摄像师他坐的位置是否合适，接着又专业地问背景有没有穿帮，脸上的光线是不是合适，最后还叮嘱：

"摄像，你就看着镜头，看看哪里不合适就告诉我，咱们好调。"

事后，摄像连说两个没想到：

"没想到，谢导这么平易近人，任凭我们摆布，完全配合采访。

"没想到，谢导对业务这么精益求精。"

其实，这也是我的同感。

很快，进入了正式采访，说到拍摄电影《大河奔流》时为什么要去请演员张瑞芳：

"张瑞芳是上海的大明星啊，人很洋气，有人对我让她来演角色提出质疑，说她适合演一个农村妇女吗？我给出了肯定的答复，说张瑞芳能演，一定能演。等到上妆照一出来，果不其然。事实也证明这个演员我选得很好！张瑞芳身上有一股劲儿啊，一股和自己原来的性格较劲的劲儿，演谁就像谁，而不是演自己，她演李双双演得多好啊……"

又说到这部影片如何第一次在银幕上再现了毛泽东主席的光辉形象：

"国家领导人毛主席出现在银幕上，这是第一次，当时，也有人认为不妥当。但是我琢磨了半天，还是觉得得出现。我就让演员站在黄河岸边，给了一个背影。你们想象不到，就是这么一个背影，现场的老百姓们都热泪盈眶啊，那种对领袖的热爱无以言表……等到播出的时候，每当出现这个镜头，现场的观众都会发出呼声啊……"

后来，又说到拍摄电影《今夜星光灿烂》怎样让李秀明演出农村味：

"秀明那时候也是大演员，北影厂'三朵花'之一啊，怎么让她演出农村味呢？我让她就住在附近的村子里，随便找了一家农民，那个老乡家正好有一位女孩，我就让秀明吃住在那儿，观察这个女孩子的一举一动，等到一表演，完全符合角色。所以说，演员体验生活非常重要，那时候，拍一个电影，体验生活就要两三个月的，现在，我还经常告诫一些导演，必须要让演员去体验生活，必须！"

说到黄小雷，老人家思路异常清晰，给我们详细讲述了好几件关于黄小雷的往事，让我准确把握到了黄小雷在生活中的诸多细节。

整个拍摄采访，虽然老人家有些跑题，但思路还算清晰，条理也很清楚，语气句句铿锵。

有一个小细节，可以说一下：我们摆好了镜头，马上就要开机了，他的一个亲属下班回来，下意识过来看了一眼，这一眼，马上让她喊出了声音，原因是她发现坐在镜头前的老头儿居然就穿着那件老头衫。她急忙拿出一件像样的麻质短袖衫，帮老头儿换上。

"这有什么，又不是看我穿什么。"老人家轻声细语地说完，嘿嘿一乐。

谢铁骊：北京电影制片厂导演，历任中国电影家协会主席、名誉主席、第五、六、七、八、九届全国人大常委、全国人大教科文卫委员会委员、中国夏衍电影学会会长、名誉会长、中国电影集团公司艺术委员会主任等职。2015年6月19日10点40分在北京协和医院逝世，享年90岁。

导演作品：

《早春二月》《智取威虎山》《海霞》《知音》《大河奔流》《暴风骤雨》《红楼梦》（六部）、《今夜星光灿烂》等。

注：此文在2011年山东《德州晚报》专栏"影人面对面"刊载。

桑榆向晚红

——我眼中的电影艺术家于洋

对于电影表演艺术家于洋来说，2005年之前的人生应该是完美的：新中国第一批电影演员，出演了故事片《桥》，还主演了电影《英雄虎胆》《水上春秋》《暴风骤雨》《青春之歌》等，后来成功转型成为导演，指导了20世纪80年代享誉中国影坛的《戴手铐的旅客》《大海在呼唤》《驼峰上的爱》等；妻子杨静是新中国第一位蒙古族女演员，杨静这个名字都是敬爱的周恩来总理给起的；女儿于静江多年来从事中美文化交流，把中国经典话剧《茶馆》和大型娱乐节目《同一首歌》成功引入美国，现任美国华人文化艺术界联盟主席；儿子于晓阳早在导演领域崭露头角；儿媳迪里拜尔是享誉世界的花腔女高音，等等。然而这所有的完美在2005年被彻底粉碎。

2005年，于洋老师的独子、青年导演于晓阳在湖北恩施为电影《北纬30度》做前期筹备工作后回京途中，突发哮喘，不幸因公殉职，享年44岁。

于晓阳此前因成功执导《翡翠麻将》名声鹊起，后来执导过《女贼》《大顺店》等影片，已是当时中国影坛的导演新秀。

一说到儿子的哮喘，于洋老师的妻子杨静就眼含泪水。她说，病根是"文革"时候种下的，那时候，她和于洋老师一起被红卫兵们批斗，幼小的晓阳就站在不远处观望，看见那些大哥哥大姐姐们凶神恶煞地让他们夫妻二人做"喷气式"，就恐惧地尖叫，经常把幼小的身躯躲藏在楼道的角落处，逐渐就得了哮喘。

"儿子在的时候，从来没有想到过这些往事，这些事情不是人为，是历史造成

1946年的于洋

的。现在儿子不在了，倒是想到了自己，觉得对不起儿子，在他那么幼小的时候没能好好地保护好他……"

每每说到这些，于洋老师总是打住妻子，微微一笑，摆摆手，似乎摆手间，这些往事就会烟消云散。

于晓阳去世后的一个黄昏，正在家中写回忆录的杨静老师忽然接到了于洋老师打来的电话，于洋老师的声音虚弱而疲惫，他在电话里问杨静老师，儿子是没了吗，杨静老师一惊，急忙追问他人在哪里，到底发生了什么事情。于洋老师说，什么事情也没发生，他正在北影小区门外的元大都遗址公园闲坐，看到很多老人儿孙绕膝，才忽然意识到自己的儿子没了，就想起给老伴打个电话。杨静老师急忙问是不是需要去接他回来——此前，任何一次外出，于洋老师都不让家人接送。然而这次，于洋老师对老伴说，快来吧。杨静老师急忙带着保姆赶到公园里，远远地看到于洋老师一个人坐在一棵花梨树下，苍老疲惫，黯然伤神。杨静老师赶到于洋老师身边，坐下来，握住他的手，发觉他手心冰凉。于洋老师看着面前的小月河，轻声说：

"咱们的儿子没了啊。"

一行老泪无声地滑落脸颊。

作者与于洋合影

　　微风吹过，花瓣纷纷，尽随流水。

　　长久的沉默。

　　老两口就那么无言地坐着，一直到落日熔金，华灯初上。

　　杨静老师说，那是她看到于洋老师最后一次伤心。那之后的第三天，于洋老师就出现在了广电总局剧本审查编委会上，之后又出现在了华表奖颁奖典礼上，出现在了金鸡百花奖颁奖典礼上，出现在了庆祝中国电影百年筹备委员会的多次会议上。每年清明和晓阳的忌日，于洋老师都要携老伴来到儿子墓前，献上一束鲜花，斟上一杯酒，亲手擦拭整座墓碑，然后静静地坐上一两个小时。只有那时，心底的悲痛才会再次隐隐浮现上这位九十岁高龄老人的脸颊。

　　于洋老师说：

　　"我没有忘记悲伤，可是悲伤能给我什么呢？我还不老，还能为中国电影做点事，而且，儿子喜欢中国电影，我可以继续为中国电影出点儿力，这也是替儿子完成遗愿吧。"

在于晓阳去世后的第四年，于洋老师拿到了一个中国影坛60年经典人物奖，颁奖当晚，女儿于静江特意从美国赶回来祝贺。于洋老师说：

"这个奖说明的还是过去，其实我现在想拿的是能证明我现在所做事情有意义的一个奖。"

"他还是想为中国电影做点儿事。"杨静老师补充说，"在他身子骨硬朗的时候，他每年都要和北影几个老同志一起去各地下基层慰问演出。即便现在坐在轮椅上了，他还经常联系杨在葆等几个老朋友，一起坐坐，谈谈当下的电影市场、电影产业……"

看到当下影坛片酬飞涨、年轻演员不拼演技拼颜值、不拼实力拼"流量"的现象，于洋老师悲愤难当，在广电总局等部门举办的几次座谈会上，畅谈感想，呼吁加强监督管理，呼吁加强对年轻电影人的培养和教育：

"青年电影从业人员是中国电影希望，是中国电影的未来。如果他们不脚踏实地，不实事求是，那么中国电影将何去何从呢？电影老前辈们为我们开创的繁荣的电影市场局面还能撑多久呢？要想中国电影市场长久繁荣，必须对青年电影人进行有效的教育和培养，必须做好传、帮、带的工作，从根上做起……"

凡是中影集团的负责同志或者其他年轻的电影工作者去看望他，他也不厌其烦地叮嘱：青年电影从业者的队伍建设和精神建设不能松懈。

前不久，于洋老师再一次因为腰疾入院，康复后就从居住了多年的北影小区搬到了北京昌平一家康复医院里。这让他很不快，经常向女儿于静江发牢骚。为什么呢？因为，周边没有和他谈论电影的朋友了：

"情绪经常失控，总是自己嘟囔，没有了电影，让我怎么办呢……"

九十岁的于洋，心仍然在路上。

于洋：中国影协第四、五届理事，1989年任北京电影制片厂演员剧团团长，第19届金鸡百花节获得"终身成就奖"。

主要作品：

1947年：参演个人首部电影《留下他打老蒋》。

1948年：参演电影《桥》。

1953年：主演剧情电影《山间铃响马帮来》。

1959年：主演剧情电影《青春之歌》。

1964年：主演剧情电影《大浪淘沙》。

1974年：主演剧情电影《火红的年代》。

1977年：由其执导的电影《万里征途》上映。

1980年：自导自演电影《戴手铐的旅客》。

1989年：出演犯罪电影《女贼》。

1993年：参演剧情电影《大海风》。

1998年：由其出演的剧情电影《昨日的承诺》上映。

2003年：在剧情电影《惊涛骇浪》中客串军区司令员。

2010年：于洋获得第19届金鸡百花节终身成就奖。

2012年：由其出演的爱情电影《蓝调海之恋》上映。

2018年：出演都市剧《越活越来劲》。

注：此文在《中国名家》2010年第2期，山东《德州晚报》专栏"影人面对面"转载，有删改。

开不败的花朵

——我眼中的电影艺术家杨静

　　有人知道表演艺术家于洋是新中国赫赫有名的二十二大明星，也都知道他是执导《大海在呼唤》《戴手铐的旅客》等影片的著名导演；有人知道中国影坛早逝的于晓阳是导演新秀，他拍摄的《女贼》《大顺店》等影片在当时已很有影响力；还有人知道美国华人文化艺术界联盟主席是于静江，当年是她把中国经典话剧《茶馆》、大型娱乐节目《同一首歌》成功引入美国。但是，一定有很多人不知道，这几个人的背后，都有同一个身影。

　　她是于洋相濡以沫半个多世纪的妻子，她是于静江和于晓阳的母亲，她是演员也是导演；她从大草原走来，用女性特有的柔韧给予家人们温暖的拥抱和无私的支持；她见证了新中国电影从无到有，从落后走向辉煌，她用生命书写着对中国电影无比的忠诚和热爱。

　　她的蒙古族名字叫德勒格尔玛。

　　她还有一个汉语名字：杨静。

　　2019年暮春时节，在北京昌平一家疗养所里，我们见到了已经90岁高龄的杨静老师，她正在健身器材上锻炼身体，旁边的一树海棠正红，映照着老人满脸灿烂的笑容。

　　"身体是革命的本钱，有了好的身体才能给国家减轻一些不必要的负担，也才能有精力做我没完成的事儿。"

　　人已过鲐背之年，还能有什么事儿放不下呢？

杨静老师说，其中一件事就是整理出版儿子的文学作品，这已经接近尾声，不日后，《于晓阳文集》就将要面世。

2005年，杨静老师的独子、青年导演于晓阳在湖北恩施为电影《北纬30度》做前期筹备工作后回京途中，突发哮喘，不幸因公殉职，享年44岁。他此前因成功执导《翡翠麻将》名声鹊起，是当时中国影坛的导演新秀。

说到儿子的哮喘，杨静老师眼含泪水，她说，病根是"文革"时候种下的，那时候，她和于洋老师一起被红卫兵们批斗，幼小的晓阳经常躲藏在楼道的角落处，逐渐就得了哮喘：

"这些事情是历史造成的，现在儿子不在了，才觉得对不起儿子，在他那么幼小的时候没能好好地保护好他……"

说到这儿，一旁的于洋老师微微一笑，摆摆手，似乎摆手间，这些往事就会烟消云散。杨静老师说，有一天黄昏，她正在家中写回忆录，忽然接到了于洋老师打来的电话，声音虚弱而疲惫，他在电话里问她，儿子是没了吗。杨静老师一惊，担心地问他人在哪里。于洋老师说他在北影小区门外的元大都遗址公园闲坐，看到很多老人儿孙绕膝，就想起了晓阳。杨静老师问是不是需要去接他回来——此前，任何一次外出，于洋老师都不让家人接送，然而这次却说快来吧。杨静老师急忙带着保姆赶到公园里，远远地看到老伴一个人坐在一棵梨树下，黯然伤神。她坐到老伴身边，握住他的手，发觉他手心冰凉。

于洋老师看着面前的小月河，轻声说：

"咱们的儿子没了啊。"

一行老泪无声地滑落脸颊。

微风吹过，花瓣纷纷，尽随流水。

长久的沉默。

杨静老师说，那天，她握着老伴的手坐在那里，一直到落日熔金，华灯初上。在走回家的途中，于洋老师问，三天后就是广电总局剧本审查编委会例会，自己还要不要去。

"当然要去啊，晓阳不在了，但是电影还在啊，晓阳最喜欢的就是电影啊……"

18岁的杨静

于洋老师缓缓地埋头走路，但是杨静老师明显能感觉到老伴握她手的力量在加大。

第三天，于洋老师去参加编委会会议，他一进会议室，与会者都不约而同地起立迎候……接着，他又出现在华表奖颁奖典礼上，出现在金鸡百花奖颁奖典礼上，出现在庆祝中国电影百年筹备委员会的多次会议上……

以往参加这些活动，于洋老师是独自前往，现在，身边都有杨静老师的陪伴。

说到此，于洋老师说：

"杨静说的对，我们还不老，还能为中国电影做点事，而且，儿子喜欢中国电影，我可以继续为中国电影出点力，这也是替儿子完成遗愿吧。"

在于晓阳去世后的第四年，于洋老师拿到了中国影坛60年经典人物奖。颁奖当晚，女儿于静江特意从美国赶回来祝贺，杨静老师说：

"你爸爸说这个奖说明的是过去，他现在想拿的是能证明现在所做事情是有意义的一个奖。"

当时，于静江紧紧把妈妈抱在怀里，大概只有作为女儿的她深知老妈的内心，无法言说，却能感受。

我插话问杨静老师，其他还有什么事情亟待解决吗。

"我有好几个有关草原的故事，我要拍出来和观众们一起分享……我一直在做着案头工作，每天晚上十二点之前，我没有睡过觉，一想着我还能再用自己的镜头去展现大草原，就浑身有劲儿……"

1929年，杨静老师在一个贫困的蒙古家庭呱呱坠地，她原名叫德勒格尔玛，20世纪40年代初的草原，医疗条件十分简陋，父母在她幼年时期就相继因病去世，这让她立志要成为一名优秀的医生。然而，当医生的梦想最终没有实现，1945年，16岁的杨静在内蒙古投身革命。很快，能歌善舞的她就被调入第四野战军文工团，开始了她的文艺生涯。1950年，她主演了表演生涯中的第一部作品《卫国保家》，正式成为原北京电影制片厂一名演员，也是新中国第一位蒙古族女演员。

1958年，北京的话剧舞台上出现了一台著名话剧——莎士比亚的《第十二夜》，这台话剧是由北京电影学院表演系首届进修班的学生主演的，这些学生当时在电影界已经颇有声望，其中就有杨静，而且她一人承担了两个最为重要的角色——一对孪生兄妹。在公演的最后一天，周恩来总理观看演出后走上舞台和演员们一一握手，特别鼓励了杨静：

"总理说我演得很好……说更愿意在银幕上看到蒙古人杨静的飒爽英姿……"

杨静老师说，周恩来总理的鼓励让她心潮澎湃，她当然愿意创作一些反映家乡人民的作品和角色，遗憾的是在她以后的表演生涯中，曾经先后主演《卫国保家》《一贯害人道》《结婚》《生活的浪花》《金铃传》《矿灯》《英雄岛》《战地黄花》等十余部影片，却阴差阳错地始终没有机会出演一个满意的蒙古族角色。

岁月的流逝让杨静老师感受到了压力，她毅然决定改行，1982年，她跟丈夫于洋联合导演了影片《大海在呼唤》，走上了导演之路。之后她又陆续参加了《骑士的荣誉》《驼峰上的爱》《孤帆远影》等影片的导演工作。

杨静老师说，一直想拍蒙古族五部曲，其中的《嘎达梅林》已经由冯小宁导演拍摄制作完成了：

"让年轻人抢先了，我们这些老家伙们哪能不着急呢……"

杨静老师再次爽朗地开怀大笑，她说，内蒙古大草原养育了她，她对那里有着无限的想念，只能寄托作品来展现。虽然因为年龄原因不可能再到一线去执导，但是可以带领年轻人去拍，经验她还是有的。为此，她已经和一些年轻导演们多次沟通和交流，甚至还专门写了拍摄报告给电影总局。她别无他求，只是想在有生之年，为中国电影、为梦中的大草原再做点什么：

"即便人老了也得有梦想啊……"

说到当下影坛片酬飞涨、年轻演员不拼演技拼颜值、不拼实力拼"流量"现象，杨静和于洋两位老人都很有意见。杨静老师说，在广电总局等部门举办的几次座谈会上，她和于洋老师就多次呼吁加强对年轻电影人的培养和教育：

"青年电影人的精神面貌直接影响着中国电影的精神品质，要想中国电影市场长久繁荣，必须对青年电影人进行有效的教育和培养，必须做好传、帮、带的工作，从根上做起……"

这时，于静江大姐在一旁插话说，前几天，中影集团的负责同志来看望两位老人，杨静老师也不厌其烦地叮嘱，一定要加强青年电影从业者的队伍建设和精神建设……

"《战狼1》《战狼2》看着多么过瘾，激动得我不得了啊……"

不远处忽然传来一阵悠扬的歌声，是爱尔兰的古老民歌《夏日里最后一朵玫瑰》，曲调铿锵，旋律温婉。

于静江大姐说这是妈妈最喜欢的一首歌。她问我："知道蒙古语'德勒格尔玛'是什么意思吗？"

我摇摇头。

"是永远开不败的花朵。"

……

注：此文发表在《北京纪事》2020年第1期，原名《心中有国　花开不败》。

耄耋老人的梦想

—— 我眼中的电影艺术家于洋和杨静夫妇

在我的第一部散文集《清水无香》要出版的时候，思来想去，斗胆想请中国表演学会原会长、著名电影艺术家于洋老师给我作序，于是打通了老人家的电话，说明情况。老人家欣然应允，并约定了见面时间。到了那天，我兴冲冲登门拜访，开门的是于洋老师的夫人、电影艺术家杨静老师，老人笑眯眯地说于老师在客厅里等着呢。随即，客厅里传来于洋老师一贯的爽朗浑厚的声音，让我进去。坐定以后，老人家先是详细询问了我这部作品的内容以及整体风格，又拿出一张纸，说：

"我既然要给你写序，就得对你有个简单了解，我罗列了几个问题，我问一下，你逐一回答就好。"

老人如此认真慎重的态度让我再次惶恐不安，一一回答了老人家的提问，老人做了详细记录后，才说起其他。这时，杨静老师也来到了客厅，加入了闲聊，说着说着就说到了当下中国梦想这个话题。

"这个提法太好了。一个民族有梦想就能长足发展，一个人有梦想就能找到目标和动力。我自己都觉得还有梦想，梦想着为中国电影再做点什么。"

于洋老师说的无意，我听了却有些诧异：生于1930年的于洋老师算来现在已经88岁，已然耄耋，如此年岁的人还能有什么梦想？何况于洋老师为中国电影做出的贡献和取得的成就已让人望其项背：从出演电影《桥》开始，他在中国的每个历史时期都留下了代表那个时代特色的优秀作品，无论是经典老电影《山间铃响马帮来》、国庆十周年献礼影片《青春之歌》、秉承一代人记忆的《戴手铐的旅客》

《大海在呼唤》，还是进入新世纪以来的《天堂秀》《越活越来劲》，塑造的每一个角色都让人回味无穷。即使身患疾病，行走不便，还担任中国重大影视题材审查组成员，他的艺术生涯和新中国电影发展史已然密不可分，对于这样一位取得如此电影成就的老人，还要梦想什么呢？

"我就是想，要是能再拍几部老百姓喜欢看的，能反映当下中国社会发展现状的电影是多么美好的事情啊……可惜我身体可能不允许，导不了片子了，哪怕在这样题材的电影中再塑造一个小角色也是好的，真是舍不得离开这个领域……"

于洋老师一脸向往，话语朴实而真诚。继而，老人家解释说，之所以有这样的梦想是因为自己得到的太多了，当年跟随母亲背井离乡闯关东到东北的时候，当年捡拾煤渣勉强糊口的时候，当年跟随革命队伍住进北京筒子楼的时候，他都没想到自己会得到国家这么多的馈赠：勉励他不断进步的热烈掌声和真诚鼓励、鼓励他成功的动人鲜花和无上荣誉、从周恩来到邓小平、江泽民，再到胡锦涛、习近平，每一届国家领导人都给予他的无限关怀，而自己仅仅是一位电影工作者。

"受之有愧啊，只有报答了。"

老人家客厅的墙上挂着一张张和各个时期国家领导人的合影。回望着这些照片，于洋老师发出长长一声叹息，叹息似水流年，风华不再，更是叹息力不从心。

杨静老师看出了于洋老师的落寞和伤感，及时插话转变话题，又回到了我的作品集作序的事情。

于洋老师说，他这一辈子接触了太多的影视媒体人，这些人的作品，要么只知抨击现状，乏善可陈；要么只知炫耀知识，玩味文字，粉饰太平，娱乐大众；或者干脆操笔"知音"体，向弱者出售所谓心灵鸡汤，唯独不面向生活，不扣问人生。更有甚者，个别电影人一味追求奢华浮躁的享受，违背了自己的初衷，彻底迷失。这是多么可怕的事情。在一个人迷失的时候，文字会让他摆脱所有的喧嚣和浮躁，安静下来思考人生，洞悉生活。而我的文章在字里行间隐隐约约已经具备了文学作为一种艺术形式所独具的那种直指人心的力量。

"有人说，文字就好比一座灯塔，能瞬间照亮一个全新而真实的彼岸世界，说得很好。我在网上看到北京大学开展的那次莫言的讨论真是好，适时让当下的这些年轻人认清生活的本质，认识到真实、踏实才是人生根本。我看了好几遍。"

知道我是毕业于北京电影学院，于洋老师很兴奋，连忙说：

"我们是校友啊，那时候，我们在电影学院上学的时候，条件可不如你们现在，全凭的是热情和精神。你们也要这样，不管大环境怎么浮躁，保持自己，不忘初心，后生一定可畏！"

于洋老师鼓励我说，可以继续投身影视圈大展宏图，但千万不要忘记写作，一定要坚持下去：

"人这一辈子会遇到很多选择，会碰到很多路口，只要你认定是对的，只要是得到社会和老百姓认可的，就一定要坚持下去。对一些事情要学会用'两分法'去看待，也就是辩证地去看待，实践出真知。"

随后于洋老师又说起了很多过往的人和事，最近的就说到了对霍建起的鼓励。霍建起这位中国第六代的代表人物，从《赢家》立足中国影坛，到《那山那人那狗》扬名国际，再到前几年公映的《萧红》，每一部作品似乎都有第六代电影人整体的影像风格，又似乎和第六代电影风格完全背离，对第六代电影人坚持的刻意揭示当下中国人人性的复杂、中国时代变迁的特征和印痕等主题，在他的作品中没有张扬和凸显，或者说他坚持的是阳春白雪，是诗意，即使是《秋之白华》《萧红》这样的真实人物传记题材，叙事和影像都那么唯美。而于洋老师就认为这点很好，他和霍建起同住一幢楼，只要见面，就谈到这个问题，叮嘱霍建起一定要坚持自己的艺术观点和创作道路：

"去遛弯儿的时候，经常会遇到他。我就跟他说，电影就是要刻画人的真善美，对时代就是要散文化的歌颂。电影《萧红》放映的时候，如果不是我身体不允许，我都要买票进电影院去看的。"

说到这里，坐在轮椅上的于洋老师爽朗地笑起来，自嘲说人上了年纪就爱唠叨，可能自己不知不觉中也沾惹这个毛病了，真不知道年轻人听了以后会怎么看怎么想，但他的内心真是想把自己太多的经验教训告诉下一辈的人：

"这也是我现在经常想的一个想法，我现在不敢说梦想，只能是想法，你们年轻人是不是认可想法就是梦想呢？"

对于这样一位老人，无论想法还是梦想，都是相同所指，让人钦然。

杨静老师适时插话说，为了这样的想法，于洋老师每天都在积极配合保健医生的治疗，积极锻炼身体：

"你是不知道，让他带动得我每天都积极锻炼。以前，拍摄《大海在呼唤》《驼峰上的爱》就是我们俩一起合作。假如老头儿现在还能拍片，也不能把我拉下啊，我是一定得上阵的……因为我是从蒙古大草原来的，我还想着再拍拍大草原，我有好几个故事呢，很动人的大草原的故事，我要拍出来给观众们一起分享……现在，我一直在做着案头工作，没有停，每天晚上十二点之前，我没有睡过觉，一想着我还能再用自己的镜头去展现大草原，就浑身有劲……"

杨静老师原名叫德勒格尔玛，1950年就在东北电影制片厂任演员，曾经先后主演《卫国保家》《一贯害人道》《结婚》《生活的浪花》《金铃传》《矿灯》《英雄岛》《战地黄花》等十余部影片，还参加了《大海在呼唤》《骑士的荣誉》《驼峰上的爱》《孤帆远影》等影片的导演工作，还曾在沙翁喜剧《第十二夜》中饰演孪生兄妹两个角色，轰动首都舞台。时逢亚非电影节，受到外宾好评，得到周恩来总理的赞扬。她既是于洋老师的贤内助，又是他工作上的得力助手，已经89岁，居然还心怀梦想，不忘电影，心系故土，心怀观众。霎时，我再次动容，这是两位多么可爱可敬的老艺术家啊！这时，又听得于洋老师说：

"身体是革命的本钱嘛，身体康健了，梦想也就能付诸实现，梦想才不是空谈啊……"

两位老人爽朗的笑声再次响起。

注：1.此文发表在《北京纪事》2013年第6期，原名《于洋的梦想》。

2.作者导演拍摄的于洋夫人、表演艺术家杨静的电视人物纪录片《开不败的花朵——演员杨静》已在中央电视台电影频道播出。

革命的本钱

——我眼中的著名电影艺术家于蓝之一

才到中央电视台电影频道工作的那一段时间，清晨或者黄昏，我经常会在单位附近看到一个倒背着手慢慢散步的老太太。她一头银发纹丝不乱，着装简单平常、干净整洁，从上到下没有任何饰品。她年轻时候身材应该属于中等偏上，现在有些驼背了，步履也很迟缓，有时候还会坐在轮椅里。她的嘴角紧抿，目光悠远，神态平静而安详。

走在大街上，没有谁会注意到这位老人。

有一天，我从她身边经过，忽然听到有人称呼她于蓝老师，我惊讶不已。原来，这位看似普通的老太太居然就是于蓝！

我心目中的于蓝是红衣蓝衫、大义凛然的"江姐"（电影《烈火中永生》中形象）、是坚强的革命母亲周莲（电影《革命家庭》中形象）、是孤苦无依的张寡妇（电影《林家铺子》中的形象）、是令人瞩目的新中国"二十二大明星"之一。居然，这个人天天就生活在我的身边。

真的是岁月无情催人老。

后来，因为工作关系和于蓝老师熟悉以后，曾陪同她在一个黄昏，慢慢走出家门，走过电影频道办公地，走过电影学院，走到北京电影制片厂北门。整段路程并不是很长，于蓝老师细细关注着沿途的每一个行人、每一处景观，并在我的询问下，详细讲述北影厂的变迁。我知道这片地方留存了老人半生的岁月和终生的回忆，从1950年她调入北京电影制片厂至今，半个多世纪过去了，这片土地上有她的青春，有她的心血，也有她的悲欢离合。

当然，老人散步并不是为了回忆，最主要的是为了健康。

老人说，身体是革命的本钱。身体不好了，不但工作不出成绩，还要给国家添麻烦。她可不希望那样。她一定要力所能及地把身体锻炼好，给国家少添一些麻烦。

老人说这些话的时候神情很认真，没有丝毫的做作和矫情，看得出是肺腑之言。17岁就参加革命的她，对国家、对革命有着常人所不能及的理解和领悟。

除去锻炼，老人也很注意饮食，一向严谨的老太太从不接受别人的任何细小礼物，但是如果你说什么东西含钙高，有助于补钙，老太太一定很感兴趣。老太太深知老人缺钙，她愿意吃任何可以增加钙质的东西，不过她不喜欢吃钙片，她愿意食补。

于蓝老师锻炼身体是为了工作。那时候，于蓝老师虽然已经86岁了，但每天上午十点还会戴上老花镜，准时坐在那张老式办公桌前翻阅一下报纸，看一看有关文件，或者打几个电话，询问一下她一手创办起来的中国儿童电影制片厂和北影厂的有关情况。2018年，97岁的于蓝老师还出演了为纪念抗战胜利而拍摄的《那些女人》，虽然戏份不多，但是能再次站在水银灯下，她很满足，这成为她近几年最开心的一件事情：

"还能演戏，真的太好了。很想再演下去……"

有一年夏天，因为做一期安琪（北京电影制片厂老演员、著名导演叶大鹰的母亲）的节目，于蓝老师再次接受我的采访。那天，采访进行得非常顺利，一气呵成，大约二十分钟时间。但是等到采访结束了，意外的事情却发生了：于蓝老师站不起来了。

看到我们有些惊惶，于蓝老师非常坦然地笑着说：

"没事的，没事的，刚才坐的时候稍微扭了一下腰，怕影响你们拍摄，所以我没有说，顺一会儿就好了，没事的，没事的。"

老人家完全可以喊停，然后活动一下手脚，或者换一个姿势，再重新开机。但是，于蓝老师没有这样做，她不想因为个人的原因影响整个拍摄进度。于是，老人家居然满脸微笑地面对我的镜头忍痛坐了二十多分钟！

这就是于蓝老师无比高尚的情操！这就是老一辈电影艺术家言说不尽的情怀！

即便现在，提起这件小事，我的内心仍然对老人充满敬意。

近两年中国电影节日繁多，邀请老人家参加的庆祝活动特别多，老人家一般都婉拒。迫不得已要出席的话，老太太会认真地做准备发言稿，坐在电脑前逐字逐句地先打出来，然后默诵一遍，顺一下。老人家说，上了岁数脑子不好使，上了台，万一想不起词来了，会影响人家，千万不能因为自己的原因影响别人的工作进度。

老人说话的时候，刚刚从元大都公园锻炼回来，站在小月河的红色木质小桥上，面带微笑，气定神闲，远望着西沉的斜阳，沐浴了一身霞光。

勤俭的生活

——我眼中的著名电影艺术家于蓝之二

于蓝老师的家紧挨着北京电影学院，房间可以这样总结：空间狭小，陈设简单，环境整洁。家中没有任何昂贵的电器，最为时尚的是一台清华同方的老式台式电脑，还是孩子们淘汰下来的。老人家为了锻炼手指和大脑，80岁高龄的时候学会了打电脑，没事的时候就用电脑玩游戏或者打稿件。

客厅的墙中间工工整整地挂着老人和周恩来总理以及和邓颖超的合影。

两居中的一间常年收拾得一尘不染，里面有书橱、书桌和一张单人床，床上常年蒙盖着一块一尘不染的白布，桌子上的笔墨纸砚摆放整齐，墙上挂着于蓝老师的爱人、北京电影制片厂第一任厂长田方（电影《英雄儿女》中王政委的扮演者）的黑白照片。照片中的田方棱角分明，英气逼人。每天下午，当夕阳的余晖会照射进来的时候，于蓝老师都会走进这间卧室，四处轻轻擦拭一番。于蓝老师与田方在战争年代缔结良缘，经历了火与血的洗礼。"文革"中，田方受到很大的冲击，患病之后没有得到及时治疗而过早离开人世。多年来，于蓝一直对田方的去世心存遗憾。老人说如果田方能够多活两年，就能够看到"四人帮"被粉碎，就能够看到改革开放的繁荣景象，那样他就能平和地走了。

于蓝老师每个周末都会被儿女们接到他们家中度过，其余时间，老人都是自己住在自己家里。

与当今那些年轻的影视明星们相比，于蓝老师在物质上并不富有，甚至有些清贫。

作者与于蓝合影

　　第一次到于蓝老师家做客的时候，很是惊诧老人家中的简陋，在老人为我端来一杯韩国大麦茶后，我还有点儿将信将疑，但随着日后和老人交往日深，老人那种勤俭节约，时时想着国家，想着他人的品格彻彻底底地感染了我。

　　在我成立工作室的时候，我和中央电视台电影频道《流金岁月》栏目的主持人潘军、财经频道《生活》栏目的主持人熊雄等几个好友相约一起吃饭，在我们文学系主任刘一兵的提议下，我把于蓝老师也请了来。老人席间话不多，吃得一直很快，我们给她夹菜，她都要问清是什么，想吃就让我们夹过去，吃得很干净，不想吃就很直接地说不要。期间吃一个海螺的时候，却费了一番周折，倒不是海螺肉难吃，而是老人吃得相当仔细，最后借助一个牙签才把海螺里的残渣剩肉吃干净。吃完后，老人把海螺壳摆放到面前，轻声说，这东西特别昂贵，一个值偏远农村一家人几天的口粮钱，浪费了真是太可惜了。

　　每逢中国电影诞生纪念日，庆祝活动特别多，于蓝老师每当应邀出席颁奖晚会和庆典活动，都会穿那件灰色西式套装，这身衣服她已经穿了五六年。近年来，几乎所有的活动场合，于蓝老师都是穿着它——儿女们已经习惯了不给她添置衣物，因为老人一贯是一件衣服穿得实在不能穿了才换新的。

于蓝老师从不戴任何首饰——不习惯，老人说。

我写就这篇小文的时候，想拿给于蓝老师看，才得知她去参加中国妇联组织的援助西部春蕾大会去了。

关注中国的少儿电影，关注孩子们的精神食粮，这是于蓝老师倾注了几十年心血的事业。于蓝60岁出任中国儿童电影制片厂厂长，一干就是20年。人们赞誉她"为了少年儿童，身上有一团燃不尽的火焰"。退居二线后，作为全国中小学生影视教育协调委员会名誉主任，她一直致力于让少年儿童"在快乐中成长"。在历届"铜牛奖"的颁奖活动中，在中国国际儿童电影节和世界性的儿童电影的观摩和交流中，都少不了她忙碌的身影。几年前，多年不演戏的于蓝老师出演了黄宏的电影《二十五个孩子一个爹》，得到了平生最高的酬劳：2万元。拿到劳务费的她直接去了银行，把钱捐给了吉林省白山市孤儿院。

而今，97岁的她，还在路上。

为电影艺术而生

——我眼中的著名电影艺术家于蓝之三

有一天，陪着于蓝老师在小月河边散步，于蓝老师说自己最喜欢的事儿就是演戏。

于蓝老师演过的电影不到十部，但是每一部都给人留下深刻的印象。当年，她读了陶承的回忆录《我的一家》，心有所动，建议将其搬上银幕。在影片中，她主演的由家庭妇女变为坚强的革命母亲周莲的银幕形象，感动了一代人。由于她在《革命家庭》中的非凡演技，于1961年荣获了莫斯科国际电影节的最佳女演员奖。1965年，她在一次出差途中，读到了小说《红岩》，立刻就被小说中的人物深深打动，觉得是个好作品，回到北京就把这部小说推荐给了夏衍，夏衍由此改编成电影《烈火中永生》，她扮演了女英烈江竹筠。影片中，于蓝塑造的形象朴实、干练，有勇有谋，正义凛然，不脸谱化，为了国家、为了革命，威武不屈，英勇献身，成为中国影坛塑造共产党人形象最为成功的一个典型。江姐离开我们已经很多年，是于蓝扮演的形象使人们认识了这位革命烈士，可以说在很多人的心目中，于蓝与江姐已经很难分开，于蓝老师在剧中的旗袍、围巾，成了江姐永远的人物造型。这个感人形象不仅使她成为新中国"二十二大明星"之一，也成为了新中国电影画廊中的经典，深深地烙在一代又一代观众的心中。

2005年，中央电视台电影频道在浙江安吉做一场庆祝中国电影诞生100周年的大型晚会，于蓝老师应邀参加，我们一起坐飞机同行。我坐在老人身边，问她是怎么塑造电影角色的。于蓝老师说，首先要喜爱这个角色，打心底里喜欢——在此后的接触中我知道，在于蓝老师的心中，江姐是她永远的偶像，也是一生的标杆。

作者与于蓝、田华、杨静在"二十二大明星命名五十周年"庆典晚会合影

"这些革命同志为了国家牺牲得那么早,没有享受到现在这种幸福生活,我享受到的太多了,还有什么不满足的呢?"

这是于蓝老师多次提到的一句话。

其次,要去体验人物内心,体验人物的真实生活。老人再次强调,以前演戏都是要去体验生活的。她说,扮演江姐的时候,不但熟读小说《红岩》,而且还到重庆生活了两个多月,不但找到了江姐生前的战友和许多烈士遗孤,了解到了很多第一手资料,还去一些老百姓家里生活居住,找感觉。

说到塑造《林家铺子》中那个可怜无助的张寡妇,于蓝老师说,当年在东北,曾亲眼看到一位穷困的母亲在眼睁睁看到自己的孩子被车撞死后立刻发疯,那母亲发出的哭号和疯狂的举动深深地印在了她的脑海里。所以,在演戏的过程中,她就把自己想象成了那个母亲,完全进入了状态:

"作为一个演员,体验生活是必不可少的一门功课,因为生活太丰富了,你不可能全部都能接触到、认识到,当你要塑造某个人物的时候,必须去到这个人物的生活工作环境中,去全面透彻地了解一下。而且,不能去走过场、摆花架子,要真的去体验、去感受。这样，无论你能不能塑造好形象，你已经是一个合格的演员了。当然，只要你用心去体验生活了，也就一定能在银幕上塑造出精彩的形象……现在的演员很多好像做不到这一点了……"

于蓝老师说完就把目光投向窗外的云海。

我想当下所有的演员都应该听听老人这些话。

我的第一个剧本写完后，怀着惴惴不安的心情上门请于蓝老师指点。她欣然戴上老花镜仔细阅读。读罢，她眼圈有些湿润，说，不错，有生活。随后，老人提出了几点中肯的建议。在我修改后，她又欣然拿出信纸，提笔给中国电影集团总公司策划部主任史东明（电影《十面埋伏》等策划）写了推荐信，然后仔细折叠好，装进一个信封，署上名，让我拿给史东明。

我仅仅是一名刚刚走出电影学院的无名小卒，却能得到如此的厚待，感动不已——那封信我一直保存多年，后来在搬家过程中不小心遗失，成为我一大遗憾。

"我喜欢看到你们年轻人有闯劲，社会属于你们年轻人，电影更属于你们年轻人，我只能做这些，不算什么的。"

于蓝老师一脸微笑。

于蓝：1981年6月受命组建中国儿童电影制片厂并出任厂长，1987年任艺术指导。曾任中国电影家协会副主席、中国儿童少年电影学会会长、中华爱子影视教育促进会副会长、中国文联第二至四届委员、中国影协第三、四届理事和第五届副主席、第二、三、五、六届全国政协委员。

主要作品：

《翠岗红旗》《龙须沟》《林家铺子》《革命家庭》《烈火中永生》《二十五个孩子一个爹》等。

注：此文发表在广电总局直属国家级刊物《电影》2007年第12期，后在山东《德州晚报》专栏"影人面对面"转载，有删改。

人，就得寻找快乐

——我眼中的电影表演艺术家黄素影

她是电影《洪湖赤卫队》中的村妇。

她是电影《清水湾，淡水湾》中的奶奶顾耀珍。

她是几代人奉为经典的儿童题材电影《小兵张嘎》中的玉英妈妈。

她还是华语电影历史上，第一部荣获奥斯卡金像奖最佳外语片的影片《卧虎藏龙》中的老保姆吴妈。

像这样形象饱满、性格鲜明的人物形象，还塑造了多少呢？她自己好像都没记清楚，因为都是些绿叶式的小配角。2003年，84岁高龄的她因出演《世界上最疼我的人去了》，获得了中国电影华表奖优秀女演员奖，角色仍然是配角。

有人采访她，作为一位老艺术家，却怎么一直出演配角小人物。她急忙摆手，一脸真诚的微笑，说：

"我哪里是什么艺术家啊，我就是一个演员啊，演员就得把角色演好，角色哪有大小啊。"

她就是黄素影。

获奖的黄素影老师仍然活跃在银幕上，冯小刚的《手机》里有她，何平的《麦田》里有她，谢家良的《满园春色》里也有她。

因为做中央电视台电影频道《电影人物》的片子，我和老人有过多次接触，几次去她位于北影小区的家拜访，记得那房子不是南朝向，而是面西的两居，陈设朴素而简单，两代人同居。采访陆陆续续进行了半个多月，老人家全力配合，没有一点儿架子。片子最后制作完成，题目是《寻找快乐的演员黄素影》。播出以后，送样片给她，老人家第一句话是"谢谢"，第二句话是"你把我美化了"，说完，是一如既往的笑声，爽朗，亲切。

在《满园春色》中，黄素影是联合主演，表现力十足，所塑造的角色和生活中的她极其相似，那时，她已经93岁高龄，这么大岁数还能出演角色，说明老人家身体康健，由衷地替她高兴。想想和老人家见面倏忽已经数年有余，就想再问候一下老人家，于是电话打过去。接电话的是老人家的小儿子，他说老太太下楼去找老姐妹们说话去了。又闲聊了几句，说到《满园春色》的拍摄，老人的儿子说老太太总在家待着怪闷的，就是想找个乐才去出演的。

这话我信。

在获得中国电影华表奖优秀女演员奖的时候，有人问她获奖感受，她说的就是"图个乐呵呗"。

在表演行当里只为了图个乐呵的黄素影老师，建国前就开始了演员生涯。在上海救亡演剧宣传队、在重庆的中国艺术剧社都可以见到她的身影，在中国大后方的舞台上，她已经是活跃分子，塑造了几十位栩栩如生的艺术形象。1949年她调入北京电影制片厂出任演员，出演了近百部影视作品，塑造了形形色色的人物，却没有一个主角形象，一辈子当绿叶，一生跑龙套，当了60多年配角。我浏览了一下北京电影制片厂20世纪的电影，几乎都可以发现黄素影老师，但都是些小人物。

已经仙逝的著名表演艺术家凌元老师最熟悉黄素影，说她对这些小人物很上心，只要让她出演，没有比她忙活的。忙活什么？做案头工作。

被北影演员剧团同事们称作"老嘎"的葛存壮老爷子生前这样描述黄素影："可别让她演戏，一让她演戏，她就开始'琢磨'。琢磨什么？琢磨角色性格，而且，总是琢磨。

"黄素影演戏认真，而且是非常的认真！"

葛存壮老师这句话也得到了北影演员剧团原副团长吴素琴老师的认同：

"'老嘎'说得太对了，黄素影就是那么一个人，演戏认真的人。"

把这些话说给黄素影老师听，她哈哈大笑，笑完了，轻描淡写一句：

黄素影

"小人物也有性格啊。"

这是黄素影总爱说的话。

其实，凌元老师和葛存壮老师都还说，黄素影爱笑，走到哪里就能把笑声带到哪里，即便她的人生多阴霾，生活多无奈，她的笑声也会响彻银幕内外。

两位老师所说的黄素影老师人生的阴霾应该来自她的一个儿子，这个曾经一直和她生活在一起的儿子是智障，生活起居要靠家人照料，黄素影在片场塑造完快乐的角色，回到家，也把笑声送给这个儿子：

"我要让儿子知道，生活还是很美好。"

这是黄素影老师在和我拉家常的时候说的话。

她的这个儿子在47岁的时候，离开了人世。那时，她的老伴已卧病在床，她一个人到火化场送走了儿子，然后，来到北影小区外的小月河边，走走停停，停停走走，整整走了一个半小时，两个来回，让泪水彻底流干流净，才镇定如常地推开家门，洒扫庭除，做好饭菜，端给病床上的老伴，微笑着说：

黄素影在接受作者采访

作者与黄素影合影

"儿子走了，走得很安详，让咱们放心。"

想象不出，这是怎么样的一幅场景。黄素影老师向我叙说这些的时候，虽然眼角泪花闪烁，但面带微笑。

每次为了素材去拜访黄素影老师，闲聊之间，总能听到她这样说：

"人活着就得找乐，不然苦难就更多了。"

这么多年以来，好像黄素影老师是北京电影制片厂里最活跃的老演员，不但仍然在演电影，还演电视剧。她每每演出归来，回到家中的第一件事就是坐到老伴床前，问一下自己不在家的这些日子生活如何，然后，把老伴搀扶到轮椅上，推到阳台上去看看外面的风景。而后就是把吴素琴、白明等几个老姐妹喊到一块儿，坐在北影小区那架紫藤下，共同分享在剧组的所见所闻，一起开心一番。当年，她们中五位平均年龄八十五岁以上的老太太曾是北影的"五朵老金花"。

拍摄完《卧虎藏龙》，黄素影告诉诸位"金花"："李安很温柔。组内氛围好得一塌糊涂。"

出演完《手机》，黄素影说："冯小刚有才！太有才了！"

演过电视剧《鹿鼎记》，黄素影告诉大家："还是拍电影过瘾，电视剧糊弄人。"

哎，这就是爱笑的、从不认为自己是表演艺术家的、北京电影制片厂的老演员黄素影。

2017年11月21日，北京一个不多见的晴好的冬日，忽然得到一个消息：北京电影制片厂表演艺术家黄素影老师驾鹤西去，享年99岁。

瞬间，和暖的阳光不见了，只剩下凛冽的北风在心头呼啸。

黄素影：北京电影制片厂演员、中国电影家协会会员。1996年，凭借主演郭凯敏执导的电影《天伦》获得第3届中国长春电影节最佳女配角。1997年，获得第6届中国电影表演艺术学会金凤凰奖学会奖。2002年主演亲情电影《世界上最疼我的那个人去了》，并获得第6届中国长春电影节最佳女配角奖。2003年获得第9届中国电影华表奖优秀女演员奖和第3届华语电影传媒大奖最佳女主角。2009年获得第13届北京放映颁发的终身成就奖。2017年11月21日，驾鹤西去，享年99岁。

主要作品：

1950年：出演第一部电影《吕梁英雄传》，在片中饰演康儿媳。

1956年：出演电影《妈妈要我出嫁》，饰演明华母；参演电影《马兰花开》。

1959年：参演电影《风暴》；参演电影《英雄岛》，饰演洪九婶。

1960年：在电影《五彩路》中饰演桑顿奶奶；在电影《耕云播雨》中饰演肖大娘。

1961年：出演电影《暴风骤雨》；出演电影《洪湖赤卫队》中饰演洪湖妇女。

1963年：在电影《小兵张嘎》中饰演玉英的妈妈；在电影《早春二月》中饰演陈奶奶。

1965年：在电影《烈火中永生》饰演江姐战友。

1975年：参演电影《海霞》。

1978年：主演电影《孔雀飞来阿佤山》，饰英堆大妈。

1981年：出演电影《四个小伙伴》。

1982年：出演电影《翔》。

1983年：在电影《夕照街》中饰演二子妈；在《拓荒者的足迹》中饰演玉玲妈。

1984年：在电影《清水湾，淡水湾》中饰演顾耀珍。

1988年：在电影《红楼梦》中饰演贾琏奶妈；出演电影《OK！大肚罗汉》。

1989年：参演电影《五台山奇情》。

1990年：出演武侠电影《索命逍遥楼》。

1993年：参演电影《乡亲们》，饰演宋奶奶。

1994年：在潘长江主演的喜剧电影《三女休夫》中饰演张媒婆；在电影《红尘》中饰演黑子奶奶。

1996年：主演电影《天伦》。

1997年：出演古装剧《康熙微服私访记（第一部）》之《八宝粥记》，饰演谭母。

2000年：出演武侠片《卧虎藏龙》，饰演吴妈。

2002年：主演亲情电影《世界上最疼我的那个人去了》。

2004年：出演电视剧《小兵张嘎》，饰演嘎子的奶奶。

2006年：出演欢乐家庭贺岁数字电影《回家》；在反映家庭伦理和社会伦理的都市情感剧《血脉》中饰演孤寡老人。

2007年：参演电影《爱情呼叫转移》；客串出演青春励志电影《旋律》。

2008年：出演史诗电视剧《大风歌》，饰演漂母。

2010年：在根据安徽省凤阳县小岗村优秀村党委书记沈浩的真实事迹改编而成的电影《第一书记》中饰演吴奶奶。

2011年：领衔主演聚焦老年人的电影《满园春色》；出演讲述"草鞋书记"杨善洲一生的电影《杨善洲》，饰杨善洲母亲。

2012年：在张扬执导的老年人的青春励志片《飞越老人院》中饰演黄老太太。

注：1.此文发表在广电总局直属国家级刊物《电影》2017年第12期。

2.作者导演的电视人物纪录片《追求快乐的演员黄素影》已在中央电视台电影频道播出。

迟暮情怀

——我眼中的表演艺术家葛存壮

在中国电影发展的一百一十多年的历史长河中，很多电影演员因为形象伟岸、角色正面而深入人心，例如主演过《烈火中永生》《知音》《红色娘子军》《大河奔流》等电影的王心刚，主演过《野火春风斗古城》《英雄虎胆》等电影的王晓棠，主演过《家》《李双双》《大河奔流》《泉水叮咚》等电影的张瑞芳，主演过《青春之歌》《伤痕》《舞台姐妹》等电影的谢芳，他们对中国观众来讲耳熟能详、家喻户晓。不过，也有一些演员因为塑造坏人形象入木三分而名噪一时。在中国影视圈里曾经就有赫赫有名的"五大反派"，他们是：

陈强——《白毛女》中的黄世仁、《红色娘子军》中的南霸天。

陈述——《渡江侦察记》中阴险狡诈的情报处长、《铁道游击队》中的冈村。

方化——《平原游击队》中的日本鬼子松井小队长。

葛存壮——《平原游击队》中的杨守业、《小兵张嘎》中的龟田队长、《红旗谱》中的恶霸地主冯兰池、《神秘的大佛》中看家护院的沙驼爷。

刘江——《地道战》中的汤司令、《闪闪的红星》中的胡汉三。

这五位老艺术家塑造的角色虽然去今已久远，但是至今令人念念不忘，尤其对一批60后、70后观众来说，他们塑造的形象反而历久弥新，成为几代人津津乐道的集体回忆。

有一年，因为要做中央电视台电影频道的元旦晚会，作为总撰稿的我有幸见到了五位"坏人"中的葛存壮老人。

我先是向老人电话预约时间，在电话里听见老人马上让家人拿日历来，翻阅了一下，而后很歉意地说预约的时间有冲突，问我能否改日。我让老人自己定时间，老人欣然约定了一个日子。放下电话，助手问葛老爷子态度如何，我说态度好得难以置信：

"很随和，非常热情，真让人想不到这么有影响力的老艺术家居然这么朴实。"

助手马上笑嘻嘻说，不仅仅是老艺术家，还是著名演员葛优的父亲呢。

大家一笑而过。

老人家就住在北京电影制片厂后身的北影小区。到了约定日期，我们登门拜访，老人家已经等候在客厅里。看得出老人家很重视，不但着装严肃工整，而且眉毛还稍稍化了淡妆：

"考虑到你们要拍摄，所以简单化了化，得对得起观众，秃眉瞎眼的怎么成啊，呵呵，或许这也是当演员的职业病吧……"

老人家坦诚的解释一下子打消了我们的紧张感，而他的热情更是让我倍感温馨。他早已经泡好了茶，并一一给我们倒好，然后抱出一摞准备好的影像资料拿给我们看，耐心地让我们挑选，对某些照片还详细地进行讲解，叙述一些拍照趣事——很惊讶于他思路的清晰和记忆的准确。他热心地讲解全家福的拍照过程，并把养的一只叫卡拉的狗和一只八哥介绍给我们——卡拉是葛优主演的电影《卡拉是条狗》中的重要动物演员，拍摄完电影，葛优就把它送给了父亲。老人家还热情地带我们参观他宽敞的新居。

我一时很难把眼前这位和善的老人和有名的"坏蛋"联系起来。

按葛存壮老师自己的说法，他是北影厂"反一号"：20世纪凡是北京电影制片厂拍摄的影片，里面的反面角色几乎都是他扮演，鲜有例外。他演的第一个有名有姓的坏人角色就是《红旗谱》里的冯兰池，因"坏"而一举成名。《红旗谱》的导演凌子风后来说，他之所以选择葛存壮来扮演冯兰池，最大的原因就是在葛存壮过去跑龙套的那段时间里，他看中了葛存壮身上那种认真、敬业的精神和态度。

在摄像还未提出要求的情况下，老人就主动摆好了坐姿，并认真地询问还有哪些不妥。

我端详了一下老人，建议他把鬓角的一小绺头发抿一下。

老人一听，马上起身走到镜子面前，仔细抿了抿，见效果不好，就轻声歉意地说："稍等，稍等，我把它弄好。"而后走进了卧室，很快，拿出一个发卡，问我们可以用否，大家都觉得不适合。老人凝头沉思了一下，说："有了。"很快又拿出一卷透明胶带，小心翼翼地剪下一块，对着镜子，自己贴在那绺头发上，而后满意地坐在了水银灯下。

我们所有人再次被老艺术家对艺术形象精益求精的态度所折服。

其实，我们的采访很简单，就是想请老人家说几句祝福中国电影百年的话，预计采用时长是20秒。因为我们编导事先没有和老人约定访谈内容，所以等到镜头打开以后，老人就说了很多内容。摄像不时暗示让我说停机，但是看到老人情绪很饱满，神情很亢奋，我实在不忍心打断他，只当没有看到摄像的暗示。

葛存壮老师话匣子打开后，讲述的是关于他和老朋友、老战友之间的友谊，他说到了在一幢简易的筒子楼里给同为北京电影制片厂演员的于洋和杨静夫妇当证婚人，婚礼场面虽然简单，但是大家情绪高涨。同志们喜气洋洋，婚礼还未结束他就已经大醉……

说到拍摄电影《红旗谱》的时候，大师崔嵬为他示范一个心狠手辣的地主应该如何扬手打人，怎么打才会凸显一个恶地主凶残的本性，手应该扬到什么位置、应该打到什么位置……最后，葛老爷子用一句话对崔嵬做了概述：

"每次上崔嵬的戏，都是一次学习的过程，他观察生活是真仔细，按照他的要求去做出动作，人物马上就活了，就鲜明了，不佩服不行！"

说到和老戏骨凌元互相配合：

"凌元大姐是老演员啊，表演经验丰富，不用你说她就能够明白想要的状态，配合得滴水不漏，和她配戏，过瘾。"

说到已故老导演陈怀皑（陈凯歌的父亲，北京电影制片厂的著名导演）对他的关心。

……

这些尘封许久的往事，这些艺术老前辈们在人生路上对他的每一次搀扶，让

老人动情了。说着说着，老人褶皱包围的眼里浸润出了泪花。这时，房间内所有的人都安静下来，我们都被老人那真挚的情感打动了，即使早已经意识到老人离题甚远，可谁也不想打断老人的思路。最后，还是老人自己意识到了什么，他带着歉意地抬手拿出一方干净的手绢擦了擦眼角，说：

"我很感谢这些老朋友们啊，尤其是那些已经仙去的老朋友，我很怀念他们。要是没有他们的拼搏，没有他们的奋斗，就没有中国电影的今天，中国电影百年的今天，我们可不能忘记他们啊。"

老人说完，又很歉疚地问，是不是跑题了。

我说没有，说得太好了——此话没有丝毫虚伪成分，因为老人一番话让我看到了老一辈艺术家人高不忘本的崇高本质。

老人起身说那就好，那就好，又说："不要总拍我吧，北影小区里还有很多和我一样的人呢，拍拍他们吧。"

老人这些话绝对不是客套寒暄，因为在我们收拾拍摄器材的空当，老人已经郑重其事地戴上老花镜，拿出一个十分破旧的、已经快要散线的大电话本，依次找出凌元、黄素影（我们已经拍摄完毕）、张力维、曹翠芬等人的电话，告诉了我们。

"这里面有些年轻一点儿的演员，也是为中国电影做出贡献的啊，应该多拍拍他们。"老人说。

期间，我们问葛老，他一生扮演了那么多反派角色，晚年还在银幕上塑造了国画大师齐白石的形象，最得意的作品是什么呢。老人家想了想，竟然说出了一个令我们意想不到的答案：

"我这一生，拍了那么多电影，但最好最得意的作品，就是葛优。"

是啊，在中国表演领域，谁人能敌葛优呢？又有谁人能超越呢？他塑造的一个个鲜明、生动的电影人物形象，会永久地在中国电影长廊里熠熠生辉。细想也是，有这样一位德高望重、谦卑如一、经验丰富的父亲，儿子不优秀才怪。

2015年，中国电影金鸡百花奖颁奖现场，葛存壮为获奖的葛优颁奖，再次提到了这句话。

后来，又有几次见到葛存壮老师，一次是在北影厂举办的九九重阳老人节上，老人身体依然很健朗。一见他到场，有位和他近乎同龄的老人马上扬声喊：

"老嘎，老嘎，你得到前边来坐，快来，快来。"

葛老爷子急忙摆摆手，还是笑眯眯地、悄无声息地坐在了最后一排上。

原来，在北影小区里，葛老爷子一直被人称作"老嘎"。这是多么亲昵、朴实的称呼啊，有着温度，也有着爱戴。

就是到今天，在老人已经仙逝多年后，北影小区的人们说起"老嘎"，依然那么亲切，好像老人根本没有走远。

葛存壮：出生于河北衡水，著名表演艺术家。1949年，葛存壮加入东北电影制片厂任演员，开始了电影演员的生涯。1960年，因在电影《红旗谱》中饰演冯兰池而被人熟识。1974年，出演北京电影制片厂摄制的影片《南征北战》。1981年，出演电影《新兵马强》；同年又在电影《玉碎宫倾》中饰演干珠尔王；后又出演电影《智截玉香笼》。1992年，在电影《黄飞鸿之三狮王争霸》中饰演李鸿章；同年又在电视剧《皇城根儿》中饰演金一趟。1997年，出演电影《周恩来——伟大的朋友》，获得中国电影金鸡奖最佳男配角奖。2013年，在电视剧《徐悲鸿》中饰演齐白石。2016年3月

4日，葛存壮因脑梗引发心脏衰竭去世，享年87岁。

主要作品：

《平原游击队》《深山里的菊花》《粮食》《小兵张嘎》《红旗谱》《周恩来——伟大的朋友》等。

注：此文发表在广电总局直属国家级刊物《电影》2008年第1期，后在山东《德州晚报》专栏"影人面对面"转载，有删改。

人淡如菊

——我眼中的表演艺术家李健

北京电影制片厂老演员李健已经仙逝多年，但时至今日，我还时常会想到这位老人。

结识老人缘起制作中央电视台电影频道的《电影人物》栏目。这个栏目通过纪录中国电影领域里的优秀代表和杰出人才，来讲述中国电影的发展历程。拿到李健老师的选题，我很兴奋，因为小时候就看过电影《小兵张嘎》，对她塑造的奶奶形象崇敬无比。

其实，大家熟知李健，不仅仅是她出演了《小兵张嘎》中的奶奶，像《小二黑结婚中》的恶婆婆、《红旗谱》中的奶奶、《黑三角》中的街道妇女主任、《人到中年》的奶奶、《烈火中永生》中的奶奶等一系列角色形象，也深入人心。

李健老师曾在北京西城区居住过四十多年。晚年，老人家也会经常参加西城区文化馆组织的京剧票友联谊。有一年国庆节，她还演出了大戏《锁麟囊》，琴师就是同为票友的老伴汪钟煦，轰动一时，想必很多西城人还有印象。

李健原籍北京，1943年开始在陪都重庆演戏，先是演舞台剧，新中国成立后回到北京，开始塑造影视形象。她在舞台上塑造的第一个角色就是老太婆，从那以后，一直塑造老年形象。老人家的大姐李恩琪也是有名的影视演员，曾出演87版《西游记》，在里面扮演黎山老母化身，小妹李铧是著名配音演员。

李健老师的丈夫是满族人，祖上是清朝显贵。第一次采访李健老师，说到家史的时候，李健老人的二女儿小乔带着我们来到北影小区的小花园，指着一个不起眼的石座让我们猜是做什么用的。我们当然不知，也不太感兴趣，一块普通的石头能有什么辉煌的历史？

小乔阿姨说，那曾经是她们家旧宅门前的旗座。

我们诧异，旗可不是随便竖的——我们虽没有考证清朝几品官员可以在门口竖旗，但料想一定是显赫望族才可以。

"没处搁它，就撂这儿了。"小乔阿姨轻描淡写地说，摆摆手转身带我们离开。

小乔阿姨的神态再次让我们诧异：这是一家什么样的人啊，真的视钱财为身外之物，这么宝贵的东西居然就随随便便地搁置在荒草野树间。

然而，让我们惊异的事情还不止这些。

李健家门口的犄角旮旯里有一个木箱子，极其陈旧，歪歪扭扭的，只是从上面别致少见的花纹和老式的零件上可以看出其必有来历，便问是何物。

小乔阿姨说是她们家20世纪初时用的冰箱。

再次张大了嘴巴。

敢情是清朝时候的冰箱啊！

一百多年历史的一个物件就这么随便扔在楼道里！

其实，说这两个物件，是想说李健老师这个人。老人家视钱财如草芥，从来不关心这些，孩子们也秉承了她"简单做人，真诚做事"的原则和态度。

在采访她之前，我还以为老人家里的装修一定非常豪华时尚，实则不然：西向的房子，一明一暗两居室，布置陈设极其简单，沙发上居然还放着用废纸盒自制的针线盒。

李健老人说，一生最开心的事儿就是演戏。

著名表演艺术家葛存壮老师生前说到李健老师，赞不绝口：

"会演戏，人随和。"

中国表演学会原会长、著名电影艺术家于洋老师说到李健老师，不住地点头：

"李健演戏认真，一向是工作为重，对角色不挑不拣，是个好演员。"

北京电影制片厂演员剧团原副团长吴素琴这样评价李健老师：

"为人低调、正派，演戏好。"

而说到老人的演戏，她的女儿小乔阿姨却不无抱怨地说，记忆里，她小时候妈妈从来没有给孩子们做过一顿饭，因为她总是在演戏，到处去拍摄，即便是露一面的小角色，也全身心地扑在剧组里。今天晚上刚刚从北京站把拍完戏的妈妈接回来，明天早上一睁眼，想喊声妈妈，撒撒娇，妈妈已经不在身边，又去拍下一部戏了，只有枕头边放着妈妈给她们买回来的小礼物。

采访李健老人的时候，老人家刚刚大病初愈，但是状态很好，两个女儿待人极其热情，几次采访都很配合。到了采访的最后一天，老人家坚决要请我们在她家吃饺子（老人近年来因身体原因一直住在同一个小区的二女儿家），让两个年龄已经不小的女儿忙活了半天。我们离开的时候，老人还坚持送给我们摄制组一人一个她亲手编制的幸运星——幸运星是用五彩丝线和五彩丝带编制的。在几天采访中，我们也得知了很多有关幸运星的信息：老人五岁的时候在学校里学会的，终生没忘，没事的时候就编，然后送给亲朋好友、送给摄制组的同事，至于送出了多少，老人家也记不得了，但至少有几百个了。她去美国参加外甥女的婚礼，在现场拿出几个送给外甥女婿，引来众老外的啧啧称赞，"抢"光了她带去的所有幸运星。一位华裔老太太建议李健留在美国从事这项生意：

"十美元一个都有人要的。"

"幸运星是为了给朋友们带去好运的，见钱就显得心不诚了，就不会带去好运了。"李健老人笑着解释说。

整个拍摄结束以后，在制作的过程出现了一点意外，致使播出一拖再拖。三个月过去了，播出时间还没有确定，这期间老人家从来没有打电话催问，倒是我自觉愧疚，打电话过去解释，老人家反倒说：

"没关系，没关系，哪能什么事情都紧着我啊，不着急，不着急！"

后来，节目播出，题目经过三次修改，最终定为《青春红颜演绎白发人生》。老太太看完节目，特地让女儿打电话致谢，还亲自在电话里向我道谢，邀请我以后再去她家玩。

再后来，就春节了。除夕夜，在鞭炮轰鸣的小县城里，我坐在妈妈身边给采访

过的于蓝老师（著名表演艺术家、北京儿童电影制片厂第一任厂长、北京电影学院导演系主任田壮壮的母亲）、安琪老师（著名演员、著名导演叶大鹰的母亲）、于洋老师、杨静老师以及黄素影老师等一一打电话祝贺新春。

但是，李健老师家没有人接电话。

心生担忧。

回京后，本想去看看老人家，但琐事缠身，没能成行。转眼7月下旬，我正在上海外拍，忽然接到李健老人的二女婿打来的电话，说老人家过九十大寿，希望我能参加。

顿然有些感动！

偌大的北京城，在茫茫人海中，仅仅因一次采访相识，她却在生命最重要的一个节日里想到要邀我同享她的快乐。

外拍进行一月有余，等到回京，急忙打电话给李健老师的家人，却获悉老人家突发脑血栓，正在医院抢救。

我心情骤然黯然，急忙赶至北医三院探视，却未果。第二天又出京外拍，接连数月，12月1日，接到电话说老人与世长辞。

物欲横流的今天，处身光环与荣耀之中的中国电影人该如何自处？

当如李健。

人淡如菊，花淡人香。

李健：原籍北京，1917年9月14日生于青岛。1949年任北京电影制片厂演员，以饰演老太太形象闻名全国，塑造了《红旗谱》中的严大娘、《小兵张嘎》中的嘎子奶奶等经典角色。2007年荣获中国电影表演艺术学会颁发的"金凤凰奖"特别荣誉奖。2008年12月1日15时，在北京北医三院因病逝世，享年91岁。

注：1.此文发表在北京西城区文联《西城文苑》2007年总第11期。

2.作者导演拍摄的电视人物纪录片《青春红颜演绎白发人生——演员李健》已在中央电视台电影频道播出。

与伟人心灵同行

——追忆演员古月

1989年10月1日晚，国庆四十周年大型文艺晚会"人民军队爱祖国"结束以后，一位演员被特意安排在了江泽民和杨尚昆两位领导中间，与他们合影留念。这个人就是八一电影制片厂的特型演员——古月。古月和国家主席杨尚昆已经是老朋友了，此前，杨主席曾邀请古月和北京人艺的老演员于是之一起到家中做客。闲聊的时候，因为听力不大好，杨主席就俯下身子仔细倾听古月说话，于是就有了一段真主席向"假主席"汇报的笑谈——我们在古月家见到了这张照片。

演员古月被大家所熟悉是因为他在多部影片中成功地塑造了毛泽东主席的形象，而他能够踏上饰演领袖的表演之路颇具传奇色彩。最熟悉这段经历的中国剧作协会原副主席、解放军艺术学院原院长胡可生前向我们介绍说，"文革"以后，许多老的革命家去世，总政文化部向各军区下发了一个通知，要求推荐在形象上和领袖比较接近的人。当时，胡老是总政文化部副部长，很关心这个事，恰好他到昆明军区考察部队文化工作，陪同他们的是昆明军区宣传科副科长，名字叫胡诗学，也就是古月。开车带着胡老到处考察的司机闲聊之际说古月很像毛主席，胡老一看，觉得真的很像，马上就让古月照几张照片给他，然后带着照片回到了北京。据说后来是叶剑英元帅看了以后，指定他当毛主席的特型演员。于是，古月就从昆明军区调到了北京八一电影制片厂。事后，胡老一直说不是他发现的古月，是那个司机发现的。

1980年，古月从昆明来到了北京，由一名部队干部成为了八一电影制片厂一名演员。站在八一电影制片厂的大门口，他感到的不是欣喜，而是压力。因为他原来

毛泽东博览群书，写诗论词，
常借古人之言告诫勉励自己成大业。
其中他常引用的古训格言，我已把它
作为自己工作、生活、处人处事的座右铭：

1. "处事不惊，量力而行"。

2. "欲速则不达，水到渠则成"。

3. "能思为身健安，　4. "祸兮福所伏，
　　静坐常思自己过，　　　福兮祸所倚"。
　　闲谈莫论他人非，
　　敬君子方显有德，
　　怕小人不为无能，
　　诲吃苦以为志士，
　　退一步海阔天空。

　以此共勉，愿诸君事业有成修身养性

　　　　古月 2006.12.23
　　　　　于大连

不是做这个行业的，现在来当演员，需要学习的东西太多。

胡可老人说，古月是怎么克服对演员这一行当的陌生感的呢，是勤奋。

古月尽可能地找材料，搜集了600多张主席的照片，反复看，反复模仿。那时候并没有其他好的练习条件，只有对着镜子来看，一边看一边反复揣摩，一边还要写心得体会。几个月时间，就写了十多万字的心得体会。

我们在古月家见到了这些已经尘封泛黄的笔记，字迹潦草，但是详尽周密，有领悟，有心得，也有疑惑。在其中的一本创作手记封面上写着："功夫要下在拍摄之前。"

古月的妻子张燕向我们介绍说，北京人艺老演员于是之，是最早出现在银幕上的毛主席的扮演者。古月就登门求教，像个小学生一样，一点点学习积累。

对古月来讲，最困难的是怎么才能说一口地道的湖南话。他出生在湖北，童年是在广西度过的，14岁参军成为军队文工团的一员后，又一直生活在昆明。地域性的差异，使他不能流利地说一口湖南方言，这成了他要跨越的一个很大的难题。1982年，古月专程来到湖南省韶山市韶山冲，住进了一位老乡家中，一住就是一个多月。

八一电影制片厂国家一级导演翟俊杰说，古月为了更加逼真地刻画、塑造主席形象，从形似到神似的过程中，下了大功夫。首先是尽可能地搜集音像资料，录下来，不但刻录光盘，还刻录磁带，然后用小录音机反复收听。怕磁带脱磁，还特意准备了好多盘，反复听；再就是读书，他买了大量的主席著作和介绍主席的书籍，书房里被这些书堆得满满当当，全方面汲取营养。

很快，古月对主席各个历史时期的事情都了如指掌，能够信手拈来，无论是各个时期的历史决策，还是生活细节，都烂熟于心。

但是古月不满足，在造型很接近主席以后，他追求的是神似。

中国电影家协会原主席、著名导演李前宽曾和古月有过多次合作。1989年，李前宽和夫人肖桂云开拍长春电影制片厂为建国四十周年献礼影片《开国大典》，其中的毛泽东角色就由古月扮演。李前宽说，为了在这部影片中塑造伟人的形象，古月一直尝试着放弃自我，一心钻进主席的角色里，以求在银幕上带给大家一个鲜活的主席形象。他首先将主席的角色融进了生活，在生活中，古月已经完全按照主席思考问题、处理问题的方式来做，从生活起居到言谈举止，完全"主席化"。他的一条毛巾，一直用到脱毛开裂，吃饭也是顿顿不离辣椒……等到他在镜头前一出现，大家都说，太像了。

肖桂云老师补充说，这一点"像"是与古月的努力分不开的，他的努力程度是当下很多年轻电影人应该学习的。

古月凭借《开国大典》中塑造的毛主席这一角色获得了第十三届大众电影百花奖最佳男演员。

古月在表演上得到了满分，然而在生活中，妻子张燕却给他打了一个超低分。因为古月完全融入到了主席角色中，生活上质朴简单，从不要求奢华，倘若他自己在家，只会煮一碗白水面条来简单应付。

20世纪末，古月迎来了自己演艺事业的高峰期，他塑造的每一个主席形象都延续了一代伟人的神采，频频在各大电影节获奖，观众来信都是用麻袋来盛放。

成了名演员的古月依旧保持着他的谦卑，无论在什么场合遇到观众索要合影签名，都笑脸相迎。很多次正吃着饭，被观众认出来请求合影，古月立马放下碗筷配合。妻子为此多次私下提醒他，不要这样随便。但是古月却说：

"主席是中国人的主席，老百姓爱的不是我，是主席。"

古月的谦卑得到了诸如翟俊杰、李前宽等人的高度评价。翟俊杰导演在很多场合都说过，古月的谦卑值得年轻演员们学习。

2003年，古月在电影《库尔班大叔上北京》中塑造了第84个主席形象，也是这一年，他自己组织了剧本，准备和妻子张燕一起出演《毛泽东和宋庆龄》，但是，这却成了永远的遗憾。2005年，古月在外景地因病去世。

让我们记住古月手记中的这句话吧：

"思想是灵魂，技巧是手段，生活是基础。领会得深，理解得深，才会演得真。"

古月：中国著名影视特型演员，作品有《大进军》（三部）、《大转折》《走出西柏坡》《库尔班大叔上北京》等。

注：1.此文发表在《北京纪事》2019年第8期。
2.作者导演拍摄的电视人物纪录片《演员古月》已在中央电视台电影频道播出。

中国电影教育的守望者

——专访北京电影学院院长张会军

作为一名北京电影学院的毕业校友，很早就想为北京电影学院院长张会军做一次专访，但几次相约都没有成行。因为张会军院长一直事务缠身，并且在全力筹备北京电影学院65周年校庆的工作，实在无暇进行详尽的长谈。一直到寒风瑟瑟、落叶翻飞的初冬，在校园里与他偶遇，再提起访谈之事，他才欣然应允。此时，声势浩大、影响非凡的北京电影学院65周年校庆刚刚过去一月有余。

踏着遍地金黄的银杏叶，张会军院长笑语吟吟，一边引领我走向他的办公室，一边对前几次约谈不成进行解释。我急忙表示理解，因为2015年是电影诞生120周年，中国电影诞生110周年，因此，北京电影学院的65周年校庆就有着非同寻常的意义。张会军院长说，北京电影学院65周年校庆应该是北京电影学院有史以来最为隆重的一次活动，也可以说是新中国电影发展史上的里程碑。校庆不仅有系列学术讲座、校友返校、校庆晚会等活动，还举办了2015世界电影院校校长的高峰论坛，以及党和国家前领导人李岚清"知识分子与文化修养"讲座。

张会军院长的办公室并不宽敞，但是布置与众不同，四处堆放着书籍和碟片，使得空间更略显狭小和拥挤。一落座，张院长就把校庆时各届学子的珍贵合影拿给我看。其实不用详看，虽然我因为恰逢出京外拍，没能亲临现场感受活动的热烈，但是，学院65周年校庆所显示出来的巨大影响，我早已通过各大媒体的报道感受到了。10月17日，国内各大网络、影视、教育、娱乐等媒体，都在头版头条报道了这一盛事。校庆当晚，300多位影人回到北京电影学院，这几乎是中国影视圈半壁江山

张会军上学时期和张艺谋等人合影

的聚会，从推着轮椅进场的白发老者，到青春无敌的年轻面孔，从赫赫有名的"78班"到明星云集的"96班"，无不凝结着这个中国电影摇篮的辉煌和分量。从李前宽、张艺谋、吴子牛、李少红、张铁林、张丰毅、尹力、陈国星、刘佳、唐国强、宋春丽，到张嘉译、赵薇、黄晓明、贾乃亮、刘亦菲、姚晨、黄渤、杜淳、杨紫、包贝尔，每一级的毕业学生，都有观众熟悉的面孔。中国电影家协会原主席、美术系毕业校友、中国著名导演李前宽说："大家回到母校跟过节一样，不是电影节，胜似电影节。"当天的校庆纪念大会和晚会，成了中国电影人的一次大联欢。

说到电影学院学子们回校参加校庆，张会军院长一脸欣慰，说："有人说，北京电影学院是电影人才的摇篮，也有人说，北京电影学院是梦想起航的地方。无论怎么表述，事实上是北京电影学院的65年，就是新中国电影专业教育的65周年。65年来，北京电影学院为中国电影事业的蓬勃发展，的确是培养了无数优秀专业人才。他们现在在全国各地，甚至是在世界各地，为中国电影事业贡献着力量。中国电影也因为他们而走向了世界，也走向了辉煌。"

在张会军院长的沙发上，恰好放着两份演讲稿，一份是在建校65周年庆祝大会上的题为"展望未来，不懈努力，坚持特色，建设一流"的致辞，一份是在2015世界电影院校校长高峰论坛的讲话稿，题目是"创新、多元、合作，共同发展电影教育"。于是，我顺势就和张会军院长聊起了全球化环境下的电影教育与合作。张院长说，北京电影学院在"十二五"发展建设中，已经持续保持着世界著名电影院校的良好声誉和地位。2012年7月，美国《好莱坞报道者》杂志公布的全球25所最佳电影学院排名中，北京电影学院连续两年位列第三。在多年的教育、教学中，北京电影学院已经融合了各个国家电影教育中的一些优点，形成了中国特色的电影专业教学特征和内容，集精英教育、复合教学、实践特色三大特点于一身。但是，在社会发展全球化的大局面下，中国电影亟待在电影科学技术层面、电影制片层面、电影消费层面、电影技术层面继续提高，以全球化视野面对世界。

"国际化将成为北京电影学院专业教学最鲜明的发展特色之一。"

张会军院长进一步介绍说，电影学院继续保持在国际电影院校中领先地位的基础上，会借助国家当前"一带一路"的发展战略，高度重视目前中国电影产业发

北京电影学院78班摄影系毕业照

展的良好局势，选派教师去相关国家进行电影专业的交流、访学、授课；选派博士生、研究生、本科生进行短期学习；与相关国家的电影院校、电影制作机构合作，开设电影创作工作坊、暑期工作学习基地，进行专业学术、教学活动。继续坚持"请进来"方针，不定期举办和进行"学术放映""电影大师课""学术研讨"等活动。通过这样一系列的教育合作，突显北京电影学院在国际电影教育方面的引领作用。北京电影学院作为国际影视院校联合会（CILECT）正式成员，并且是亚太地区副主席单位，今后会更好地利用国际影视教育平台，推进多层次、多种形式的对外合作办学，同时，继续加强留学生教育，进一步扩大外国留学生规模，保持留学生在校人数达到一定的规模。还要进一步拓展教师的国际化视野，积极选送教师到国外高水平大学进修或进行研究工作，而且，会选派更多的本科生、研究生出国学习，使北京电影学院本科生、研究生和博士生的出国经历和数量达到一定水平。

"坚持教学与创作相结合、教育与产业紧密结合成为新常态。"

谈到电影学院未来的发展，张会军院长说，一方面，在原来的实践教学特色的基础上，更加重视教学与创作、教育与产业紧密结合，保持专业教育与国家电影产业发展的联系，而且，要成为一种新常态。另一方面，研究国外电影大国产业发展的规律、经验，为我们国家的电影产业发展和行业标准制定建言献策。说到这里，张院长更是来了兴致，他说："我们除了关注好莱坞商业大片外，也还要关注类型电影和艺术电影，研究美国电影工业优势性和强大性蕴含的规律和特点。更主要的是要研究如何结合中国电影工业的建设和电影强国的建设，加强电影法律环境的建设，研究电影本身在商业运作上取得非常大的成功同时，如何使其在社会责任、教育功能方面发挥作用。我们在学习人家先进经验的过程中，更重要的是坚持电影教育、教学本土化，坚持我们自己的东西，坚持教学与创作结合、与国家电影产业紧密结合，提高中国电影的国家文化软实力。"

张院长说完这些就略带歉意地提醒我，他给博士生上课的时间到了。我知道，北京电影学院几十年形成了一个重要传统，也是区别其他高等院校的一个最显著特征，就是电影学院的领导在不同程度上承担着本科生、硕士生、博士生的基础教学和专业教学任务，至少保证有一定的时间上课、听课。

"坚持在教学一线，才能始终保持对教学、创作、学生的敏感与清晰，我作为院长也不例外。"

他的提醒，让我意识到原来是占用了他午休的宝贵时间，急忙起身要告辞，张院长一边收拾东西，一边问我还有什么需要了解和交流的，我说还真有一个疑问想当面请教，可是又怕耽误他上课。张院长诙谐地一笑说，耽误给学生上课当然不可以，但是，可以边走边谈。

当下，数字技术在逐步实现标准化和多元化，甚至逐步显示出更多的优势；各种新媒体的兴起也在很大程度上影响了电影的制作与传播方式，互联网给年轻人以更多的电影专业课程选择，替代了现有高等教育的课堂教学模式。通过互联网技术，学生在任何一个角落，可以看到全球教室里的课程，并逐渐取代今天的学习环境和模式，通过网络，稳固和夯实电影拍摄实践技能，牢牢把握电影高等教育的控制权。这也就意味着，北京电影学院未来在大学电影专业教育方面，会失去对于电影专业高等教育的话语权和主导权，针对这种新形势和新问题，北京电影学院如何面对？

走在楼梯上，当我言简意赅地说出这个疑问后，张会军院长马上指出，互联网环境下的教学思维，对我们的传统电影教育的模式不是推翻和颠覆，而是重建和提高。利用新技术、新思路、新平台对传统电影专业教育思维进行改革是我们今天更应该考虑的新课题。当下的电影专业教育，更多的是要考虑电影课程和教学思维怎么样适应和兼顾互联网、新媒体、跨媒体传播、传媒产业的平台。他继续说，电影学院已经开始着手建设网络在线公开课——慕课（MOOC），力争做成中国电影的一流课程，并且按照共同课、专业基础课、专业课、大师专业讲座课的模式进行规划和建设。

世界许多名校开展的免费、大型、公开、在线课程项目，我也有所了解，比如耶鲁大学、哈佛大学和中国很多知名大学已经逐渐开设名人演讲等公开课程。但就目前现状，专业类、实践类、操作类、电影在线相关课程在国内还是比较少，也缺乏系统和专业特点，有的课程大多是访谈内容，对于完整的影片制作流程和提升人们电影知识的课程几乎是没有。

78班20年聚会

张院长对我的说法表示认可，他说："正是因此，电影学院规划如何在网络上打造电影'慕课'（MOOC）的专业品牌，学校的科研部门，已经开始研究网络课程技术平台怎么样建立、网络大学课程如何积累等项目，教学部门已经在规划建立什么样的网络课程内容适合电影教育，甚至考虑和世界顶尖电影院校、国内院校合作，在线提供经典的电影专业网络公开课程。"

说到这儿，张会军院长忽然站住脚，很严肃地告诉我，需要说明的是，数字技术是一种新的制作电影影像的方式，而新媒体的出现，从根本上撼动的是电影和电视的传播方式，电影的根本特色仍然建立在影像、视听基础上，是影像与声音相结合的一种艺术，这一点永远不会改变。所以，我们面对这些新形势和新问题时，可以逆向思维，往源头去考虑问题。我们电影学院是做内容的，一定要研究怎么样把内容做得更好。在教学过程中，除了考虑新媒体如网络传播、移动用户传播的特征外，更多考虑的是作品的整体质量，如故事、内容和讲述的方法，特别是要考虑电影影像本体质量、视觉风格和视觉吸引力等。信息化和全球化的今天，有创意的、令人新奇的、惊天动地的故事越来越少，面对故事的贫乏，要在内容上有所创新，我们在教学过程中会更加强调学生将人生体验技巧化的能力：

"所谓的技巧，也是经过历练和消化以后的个人体验和精细表达。

"教师职业是蜡烛，能不能照亮别人是一回事，但是，我们要先燃烧自己。"

我们的谈话意犹未尽，我问到每次新生入学，都是他讲入学第一课，学生们都是一种怎样的状态。

"作为新生，他们热爱电影，他们聪明、敏锐、活泼，可能缺乏的是自信，也急于了解更多的学校情况。我们的任务就是要帮助学生尽快适应大学生活，我们的教师工作需要有技巧。所谓教师的技巧化，就是要把人生体验拔到一定的高度，使之更加亲情化、友情化、感情化，容易被学生接受，打动自己才能感动别人。"

张会军工作照

　　很多媒体和观众在谈及"78班""第五代"的时候，都认为北京电影学院78班是电影专业人才培养一张不可替代的名片，也是中国电影教育史上的一个奇迹。为此，他们都有这样一个疑问，就是在今天的形势下，北京电影学院在电影教育上是否可能复制78班的辉煌。

　　张会军院长微笑着说：

　　"78班是北京电影学院特别不可复制的一个群体，78班在教育上的奇迹，得力于天时、地利、人和等各方面的环境和条件。改革开放，百废待兴，人才积压，渴望学习，再加上这些同学具有的在艺术上的追求、个性化的风格、创作上的反叛精神等，共同促成了他们的成长，也促成了他们在电影艺术创作上取得的成就。当然，我认为，首先是北京电影学院造就了78班，虽然，在实质上78班不可复制，但是，78班的教学观念、教育方式、教学思维却可以借鉴。例如：创作实践、毕业联合作业、公选课的设置，基础课的设计，理论课和实践课的比例，这些我们都在不断充实、完善和提高。今天学生接受的专业教学，就是在创新的基础上已经被复制的和改革的。"

我的最后一个问题略显幼稚，但还是说了出来："同是78班的成员，身边的同学一个个名誉加身、名扬天下，您是如何感受呢？"

张会军院长一脸微笑："这是很正常的事情，每一个人的选择不一样，当学校选择了我做教师，我就毫无条件地服从，选择做了教师。我的人生经历和性格当中，可能会有对教师这种职业的留恋，我觉得培养一代人，会比自己拍一两部片子更有意义。教师职业也不错，教师职业是蜡烛，能不能照亮别人是一回事，但是，我们要先燃烧自己。"

张会军院长的话，忽然让我想到曾有媒体这样描述说："张会军是中国电影'78班'留在北京电影学院守家的人。"其实，何止是守家呢，应该是中国电影教育的守望者。

一缕冬日的暖阳，从窗外斜射进教学楼的走廊，投在张会军院长的身上，洒下一片光辉。

注：此文发表在《北京纪事》2015年第12期。

我那命途多舛的青春

——我眼中的著名导演叶大鹰

2009年，为庆祝建国六十年华诞，有几部献礼影片热映，《天安门》就是其中一部。影片风格怀旧，叙事经典，不失大家风范。导演署名是叶缨，我知道这个叶樱是著名爱国将领叶挺的孙子、拍摄了一系列红色经典的叶大鹰，这是他红色系列的最后一部。拍完这部作品，叶大鹰的红色情结似乎释放殆尽，开始关注更加广阔的题材，7月份即将执导一部反映华人在美国淘金史的长篇电视连续剧《金山》。

叶大鹰一直比较低调，远离媒体的侵扰，说话靠的一直是他的作品，无论电影还是电视剧，都是那么分量十足，回忆历史，饱含沧桑而又折射时代，扣问心灵：电影《红樱桃》《红色恋人》《天安门》，电视剧《陈赓大将》《西安事变》等。

叶大鹰的母亲、著名演员安琪说，大鹰小时候还很爱说话的，现在话倒少了。

叶大鹰说自己好像从青春期开始，就不爱说话了。

"那时候，家里天天有各种各样的事情发生，不是妹妹掉进河里了，就是父亲得病了，不然就是家里进了红卫兵被抄家了，反正天天是事。"

叶大鹰从来没有见过爷爷叶挺。早在1946年，叶挺就已遇难，同期遇难的还有夫人李秀文及几个孩子。叶大鹰的父亲叶正明是叶挺将军最小的儿子，曾任国防科工委科技委副主任。叶正明年轻的时候在苏联留学，有一次归国探亲，在火车上偶遇去内蒙古外景地拍片的长春电影制片厂女演员安琪，两个人一见钟情，结为伉俪。

在长春出生的叶大鹰，8岁前一直生活在北京，过的是放养般的生活。看到母亲出演一个女特务，他会暗自揣摩很多天：善良爽朗的母亲怎么会是坏人呢。他很想问问母亲，但是，母亲又接了一个新角色，赶往外地拍戏去了，根本没有时间回答这些幼稚的问题。他一个人待在家里，背诵爷爷那首著名的《囚歌》，虽然熟记于心，但是却不得其解，他不理解爷爷的情怀，只能对着照片去揣度爷爷的威武和神奇。多年后，每每提及爷爷，叶大鹰总感到人们对他的苛求。他打了一个比方："我偷一个西瓜，人家说你怎么能这样，你是革命后代啊！革命后代怎么可以偷西瓜？！我上学表现好，人家说，你是应该的。"不久前，叶大鹰还在博文中这样痛斥："不管出于什么目的，对我说'你对得起谁吗''你应该怎样啦'之类话的人，我都不欢迎你！"

1966年，"文革"开始。叶正明和安琪成了"走资派"，叶大鹰也被划分成"可教育的子女"。他们全家被流放到上海偏僻的松江县，漂亮的母亲不能再演电影、演话剧，成了一名仓库保管员，叶大鹰和妹妹只能就近上学。上学必经的一条路的狭窄路面上，会有人用漆喷上"打倒叶正明"的字样。每天，叶大鹰就是踩着这些字来来回回。那段时间，叶大鹰经常逃学，原因是同学们总说他是"走资派"的"黑子女"，并以此来嘲笑和戏弄他。他就和人家打架，可是势单力孤，难免被欺侮，于是只有逃学。每当躲在母亲看守的仓库里，母亲就给他唱歌，从经典的红色歌曲《北京的金山上》《南泥湾》唱到苏联的《喀秋莎》《三驾马车》，这些歌声让年幼的叶大鹰感受到了最初的艺术熏陶，也让他在一片阴霾中看到了明天的阳光。

叶大鹰说，那时他最擅长写检查。江南梅雨时节，趴在昏暗潮湿的仓库办公桌上，听着母亲悠扬婉转的歌声，他能把检查写得情真意切，拿给老师看时，老师一定会痛哭流涕，一定会忘了对他训斥，转而变成爱抚和安慰。叶大鹰开玩笑说，其实写检查跟拍电影是一样的，得字里行间弥漫激情，有一种把对方拿下的劲头。大概也正是这种劲头多年来一直在催动着他拍电影、拍电视剧。如果找不到这种感觉，他宁愿不当导演而去当小演员。于是就出演了几年前的电影《我和爸爸》中的爸爸。没想到还是因为有这种要把人拿下的劲头，这个角色也成了中国电影的一个经典形象。

不过，很快，叶大鹰不能再听母亲唱歌了，他得了一种怪病，叫格林-巴利综合征，近乎偏瘫，嘴角歪斜，手脚麻木，行动不便。叶大鹰独自一人住到了医院里，每天最盼望的就是家人来看望和陪伴自己。但是他也知道这是奢望，因为妹妹年幼，母亲安琪不但要工作，还要全力照顾已经精神分裂的父亲叶正明。

叶大鹰的母亲安琪现在说到这些的时候，还一直掉泪，说当时真是亏欠了儿子。她清楚地记着有一次去给叶大鹰送炖好的鸡汤，叶大鹰这边的嘴角还在美味地咀嚼着鸡肉，那边的嘴角却在流着哈喇子。扭曲的面孔让她痛苦万分，泪水只能咽进肚里。但在儿子扭曲的面孔上，安琪也看到了微笑和开心。她庆幸儿子的坚强，也坚信儿子能够康复。果然如愿，一年后，叶大鹰健健康康地出院了。

出院后的叶大鹰高中也毕业了，他找到了一份工作，当了一名钳工。在车间工作的时候，他会出神发呆，会想起江南连绵的阴雨、松江潮湿的库房、母亲无奈却坚强的歌声，脑海也会闪过母亲安琪当年做演员时的光彩亮丽，以及水银灯下那些丰富和奇妙的影像。然而，这些很快就被机器的轰鸣和油腻的污秽所替代。

此时，叶大鹰已经跟随家人辗转回到了北京。一家四口虽然再次踏进了北京城，却没有安家之所，只有寄居在叶大鹰的舅舅家，母亲安琪也不再做演员，而成了北京电影学院表演系的老师。1978年，安琪的一位朋友需要一份电影学院的招生简章，安琪就把一份简章拿回家，并让叶大鹰去送给那位朋友，叶大鹰不经意看到简章中说考试不考英语和数理化，这让他很感兴趣，因为这几项都是他的软肋，现在没有了软肋，他也想去试试北京电影学院，拿一个对人一生至关重要的文凭，以便有机会改变未来的人生。

于是，阴差阳错，叶大鹰叩开了北京电影学院导演系的大门。

在他身后，多劫的青春之门也悄然关闭。多年来，只有那些记忆和体验伴他前行。

导演作品：

《红樱桃》《红色恋人》《天安门》等。

注：1.此文发表在《北京纪事》2011年第8期。

2.作者导演拍摄的叶大鹰母亲、著名演员安琪的电视人物纪录片《一路风雨一路歌——演员安琪》已在中央电视台电影频道播出。

静心才能释然

——我认识的导演乔梁

北京电影学院导演系教授、导演乔梁对刚刚过去的2018年不很满意，因为，这一年脚步匆忙，没有静下心来：先是在4月份去俄罗斯第40届莫斯科国际电影节当评委——此前，他在2017年去领过奖，他的电影《塬上》从全球2000多部影片中脱颖而出，斩获第39届莫斯科国际电影节最高奖——圣乔治金奖最佳影片奖，这是四年来华语电影在国际A类电影节上获得的最高奖项，也是华语电影在莫斯科电影节上取得的最好成绩，填补了历史空白。在本次电影节上，乔梁为获奖者颁发了评委会特别奖；接着去法国洽谈了一部电影的拍摄事宜；然后又带着自己的四部电影作品去巴西参加第4届圣保罗中国电影展……脚步奔波，人在旅途，心不能静，疲于应付，无法安于创作，这不是乔梁所希望的状态。

乔梁说，他最喜欢的是水，希望自己能如水一样。

有采访者就问乔梁："平静如水固然不错，但心平气和对创作是好的吗？"

乔梁说："最有力量的是海，是水，水不是没有风浪，水是最有力量的，什么能大过水的力量呢？静的水最不可小觑，水的静是一种至高境界。"

其实，结识乔梁之初，没看出他是喜欢静的人，因为他行事节奏快、效率高。2016年春天，我把我的第一部长篇小说《朝花夕拾1990》同时给了三个人：北京电影学院原院长张会军、导演管虎、导演乔梁，张院长说他阅后一定转为推荐，管虎导演当时已经在筹备电影《八佰》，只有乔梁3天后就给我打电话，问版权在不在我手里，我说在，他当即说好，马上报审。不到一星期，他约我和制片人见面，很快签订了合同，随即进入剧本创作。7月份，电影开机拍摄，效率之快、之高，一度让我认为自己被忽悠了。一直到2017年5月19日，电影《小情书》全国院线公映，我才恍如隔世般意识到，我的作品真的被改编成了电影，千真万确。

后来，文学界的朋友提起我的小说被改编，都说不可思议的神速。我想这都归结为乔梁的快节奏。

电影《小情书》首映是在国贸，我赶到的时候，已经接近开场时间，但是还有一位杂志社的朋友没有来，就站在检票口等。正好被乔梁看到，急忙让我进放映厅，他代我等候那个朋友，他说不希望作为原著作者的我看不到完整的电影。原以为小说出自我手，里面的人物、情节以及情感都熟得不能再熟，谁想观影过程中，还是不止一次被感动得流泪。坐在黑暗中，恍如人还在青春……乔梁的电影不但增强了我原来那个故事的戏剧性，还大大提升了其电影性和艺术性。在舒缓的镜头中，大概每个人都会静静地回想起过往的青春和岁月，激荡起早已经沉淀的记忆……由衷地感谢他。

很快，他的另外一部电影《塬上》上映，这是一部色调幽暗的电影，关乎回乡、环境、自然、现实，先后在全球15个国家上映，获得了13次重要的国内国际电影节奖项。莫斯科国际电影节给予《塬上》的评价是："影片以客观冷峻的视角揭示了人性的困惑，展现了一个高速发展的中国如何面对人类共同的生存和发展问题。"

有文章这样说，乔梁的《塬上》是对社会现实、对多面人性的双重反思。正如他舒缓自然的电影镜头语言，没有激烈犀利的批判，没有过多的说教性引导。这种高山流水、古典留白式电影风格是乔梁作品的特色。这种艺术风格是其作品自然生长出来的，并非为了风格化而风格化，有点像李安。

乔梁坦言他最喜欢、最欣赏的电影大师是李安："李安导演对我影响很大。他的作品对中国传统文化的拿捏与展现很到位，有《红楼梦》的味道。"

说到这部电影的创作，乔梁说："这部拍摄周期仅16天的小成本影片从西北乡村真实生活的一角揭开了环保的明亮面纱，让我们看到它的另一面：要生存，还是要发展？要命，还是要钱？"

乔梁补充说："我只是想呈现我所关注的现实与人性，看到什么，看到多少，

作者与导演乔梁及《小情书》两位主演合影

然后呈现出来，其他由观众评判。"

这应该就是乔梁的电影哲学。

乔梁说这句话的时候，是在他家的露天花园里，他约我们几个好友小聚。他家住顶层，他把复式的房间重新装修，辟出了一个露台，四周用玻璃围挡，上面露天，栽种了花草，养了一缸锦鲤，风可以进来，雨可以进来，阳光也可以进来，但是北京的喧嚣和浮躁被拒之门外。

那次小聚，我在乔梁的书房见到了他中学时期一张很稚嫩的照片，一脸的忧郁和沉静。乔梁说，他从小好像就有些孤独。这么多年来，他很感谢这份孤独，因为可以静心思考和观察。

有文章说乔梁的作品有种孤独的气息，乔梁对此不太认可：

"我不想合群，愿意自己一个人待着，我对那种庸俗的、市民阶层的人表示拒绝。我不是喜欢孤独，是喜欢安静，安静的时候更容易让我去捕捉和体会生活的温暖，把目光更多投注到社会生活的角落里。"

乔梁给我们讲述了几件往事：

很多年前在日本一条小街道上拍摄，监视器实在没有地方搁，只能放在一户人家的台阶上。正在拍的时候，门开了，一个日本女人探头看出来，他赶紧道歉："真的对不起，5分钟我们就结束，真的很抱歉。"过一会儿，门又开了，他心想糟了，人家着急了。结果却是女人拿出一盏台灯，她说看到他坐在那里，天黑乎乎的，怕他看不清剧本，给他送一盏灯。

为《塬上》勘景时，在村里偶遇一个独居的老妇，生了病，家中6个儿子都在外打工无法照料，乔梁把兜里所有钱掏出来留下，没说什么就走了。后来再来村子里取景时，老妇的一个儿子特意来看他，背着两箱枣在那里等着。他说他们村子里的枣不好，特意去买了黄河滩上的枣，让乔梁拿回去尝尝。

这些点滴，让他更多地看到"边缘"，愿意用作品去给那些悲凉的现实铺一层温暖和慈悲。

作为北京电影学院导演系的硕士生导师，乔梁对自己的学生要求特别严厉。2015年，他受邀到台湾参加一个交流活动，为了让学生得到锻炼，开阔视野，特意安排一个学生和他同行。但是在台湾，一件小事让他大为恼火，对这个学生大发雷霆：在台湾影人举办的欢迎晚宴上，在大家都还没有举杯的时候，那个学生居然拿起筷子先行吃菜了。事后，有人说他有点小题大做，乔梁说：

"不懂得尊重他人，以后就不会懂得尊重作品。这不是小毛病！"

稿子就要收笔，接到了乔梁的电话，约我去参加他新剧的开机仪式，这个电视剧叫《老闺蜜》，出演者有王馥荔、潘虹、宋晓英、吴冕等，光看演员表就让人很期待。一群六十岁左右的老女人会有怎么样的故事呢？目前，国内好像还真没有一部这样题材的影视作品，大概只有静心的乔梁会想得到。

俗话说，三个女人一台戏。那么四五个能让时代回首、让中国几代观众注目、个个演技爆棚的老女人，这该是怎样一出大戏、好戏？

静于当下的浮华，释然于内心的乔梁说："耐心等待吧，不会让你失望。"

导演作品：

电影《基隆》《小情书》（根据作者长篇小说《朝花夕拾1990》之《情书》改编）、《塬上》等；电视剧《娘要嫁人》《老闺蜜》《四千金》《新拿什么拯救你，我的爱人》等。

注：此文发表在《中华英才》2019年第5期。

这只虎，无法关住

—— 我眼中的导演管虎

北京朝阳区酒仙桥附近坐落着好几个不同主题的艺术区，从其中一个艺术区的大门进去，穿过一条很长的小巷，接近尽头，有个狭长的小院，就是管虎的工作室。

小巷一边是不高的建筑，大多是灰色系，少有几处是白色；一边是有回廊的花池，散种着千头菊、康乃馨等各色花草，安静悠闲，像极了老北京的胡同。

管虎最爱在他的电影里浓墨重彩地呈现胡同景观，从第一部影片《头发乱了》，到《上车走吧》，再到2015年的电影《老炮儿》，观众经常跟随着主人公游逛在曲折、幽长的北京胡同里：身边穿行着操一口地道京腔的北京人；鸽子在胡同上空徘徊，嗡嗡的鸽哨声散落在青砖青瓦的四合院里；胡同口的大槐树、柿子树，弥漫着古老却又时尚的气息。很多观众最初看不懂管虎到底想让他们看什么，因为故事的情节是弱化的，人物是底层且卑微的，情境是北京独有的，似乎远离他们的生活。但看着看着就会有感觉，就会让电影里的人牵着走了。到最后，往往在不知不觉中，心头会被重重撞击一下，似乎触摸到一些人的内心，似乎重新发现了自己的身边，重新找到了回不去的青春。

管虎对胡同的记忆应该来自幼年。曾经有一段时期，在北京电影制片厂当演员的父亲管宗祥和在青年艺术剧院当演员的母亲于黛琴都被下放，小管虎只得去邻居家借宿，平时在胡同里游逛，这种游逛让他知道了自由。高中毕业，管虎先是按照父母的意愿学了医，一年后的某天，他骑车从校园回家，慢慢悠悠穿行过一条条胡同，快要到家的时候，忽然顿悟：医者可以治疗身疾，电影才会安慰精神。于是又退学备考，进入了北京电影学院。毕业以后，开始在作品里带着他的观众一起去北京的胡同里游逛，实际是去思考，去追逐。

第六代电影人曾共同发声说，胡同景观是典型的当代都市景观，是最能展现时代北京的一个窗口，展现的不是发展中的伟大，不是前进中的激流，是伟大中的平常，是激流下的平静，是最大限度的真实。

把胡同景观呈现的最为多样、最为经典的，应该是管虎。

后现代

管虎工作室客厅的结构设计采用了中国传统大宅的特点：一堵影壁正对大门，类似一扇屏风，隔开里外。绕过影壁，是小小的前厅，正对门的是一把高大的木椅，原色，形似太师椅，但造型更加粗犷原始——等待何人来坐？令人无限想象；一侧有两张皮质沙发对放，沙发旁有两只彩色玻璃大花瓶，落地放置，共同形成错落有致的等候空间。再往里走，是相当前厅三倍空间的一个会客室，跃入眼帘的是一张狭长的会议桌，是中国最传统的茶室台案，依旧是原色木制，造型毫无规整可言，安全原生态，但觉更宜茶室摆放；配备的数把椅子，质地却是生铁，线条流畅，造型简约，把手和椅面配皮质垫；会客室一侧是木质楼梯，把人带入二层更私密的空间；楼梯与室内又有和桌子同一质地、同一色系的酒柜相隔，只是造型迥异，一派西式风格；角落里更有一只落地铁艺鸟笼，高过一米，里面并没有一只会说话的八哥，中空，关住的只是想象和疑问；旁边是一台摄像机；还有两只瓷质大绵羊，造型来自动画片《小羊肖恩》，很卡通，一高一矮，俯首站立在一隅。

小小空间，有传统，也有现代；有历史，也有未来。杂糅得天衣无缝，碰撞得相得益彰，简洁却时尚，这是后现代的魅力。

正像管虎的作品。

经过早期作品自我情绪的宣泄，经过数部电视剧的技术磨炼，管虎的电影作品在后现代艺术的道路上开始一路狂奔，从《斗牛》到《杀生》，再到《厨子戏子痞子》，叙事手法更加得心应手，自我体系的影像风格日趋成熟，主题传达从狭隘的

个人转向更深刻的族群意识。即便是戏说，也有博大的人文情感流淌期间；即便是传奇，也有黑色幽默的微笑和忧伤。于是，取得了《厨子戏子痞子》国内票房2.7亿元的辉煌业绩，成为第六代电影人拍摄作品中最为卖座的一部电影。

一切源于管虎的追求。

《老炮儿》

坐下来，很想聊管虎的新片《八佰》，但他却想先聊聊《老炮儿》。

"老炮儿"是北京俚语，以前为"老泡儿"，就是经常进局子的人，贬义词。现如今，"老炮儿"这个词是指那些曾经风光无限的老前辈，他们无论在哪个行业，一定是资格老、经验丰富的人，是褒义词。电影《老炮儿》中冯小刚扮演的六爷就是这样一位老炮儿。影片线索简单：六爷救子，冲突强烈，父子不睦，强权与弱势对立。这部影片一亮相威尼斯电影节，就好评如潮。紧接着，家喻户晓的大导演荣获最佳男演员桂冠——男主角冯小刚荣获2015年台湾金马奖最佳男演员。在大陆，之前只有张艺谋因出演大导演吴天明执导的《老井》荣获了东京电影节最佳男演员，现在，管虎又把冯小刚送上了领奖台。影片自公映以来，业内人士交口称赞，普通观众反响强烈，而这种既叫好又叫座的现象，对大多数国产影片来说，已经非常陌生。

在影片中，有的人看到了中国社会上渐行渐远的那些江湖侠义；有的人看到了一代人岁月逝去的故事和情怀；有的人看到了父子两代人永远无法消融的对立和隔阂；还有的人则看到了传承，看到了重建，看到了生命的主题。

管虎说，做片子之初并没有想着拿奖，也没想着好看，就是想把自己成长过程中熟悉的一些人塑造出来给大家看，让现在的人们记住当下，让以后的人们了解以前，所以尽可能地在电影里去释放，去呈现。叙事策略摒弃了花里胡哨的技巧，故事背景不再扑朔迷离、空洞虚无，从象征着为自由而狂奔的鸵鸟，到象征着追寻江湖侠义的小说《小李飞刀》，到六爷在冰面上诗意浪漫的奔走，一切都做得酣畅淋漓，一气呵成，尽兴而成。

"的确是呈现我对现实的关注。"管虎说。

应该还有思考，思考进行中的中国该怎么样去对待父与子的对峙和和解，又该怎么样去化解传统与现代的矛盾，思考怎么样在传统规矩中去构建最现代的秩序，为的是将来。

这样的话题很久远，不新鲜，却历久弥新，而这样思考的人正凸显着一代电影人的责任。

《八佰》

为了让电影里面一些年轻演员找到军人的感觉，提前半年，早早地，管虎就让他们进了训练营，目的是找到军人的感觉——这种做法在20世纪80年代的中国影视界很普遍，无论多大牌的演员在开拍前都要体验生活。现在，拍电影好像都成了快餐，没有谁再去体验了。

"电影，还得要真实，首先，演员塑造角色得真实。"

管虎微笑着说，关于这部影片的其他，不再多讲，网上的消息已经很多，在映前不想多讲，看观众的评价吧。

就这么简单。

管虎扬名中外，因为彪悍，因为电影，因为思想。唉，老虎很难被关。

导演作品：

1992年：电影《头发乱了》。

2000年：电影《上车，走吧！》。

2001年：电影《西施眼》。

2002—2009年：电视剧《黑洞》《冬至》《七日》《生存之民工》《活着，真好》《沂蒙》。

2009年：电影《斗牛》。

2012年：电影《杀生》。

2013年：电影《厨子戏子痞子》。

2015年：电影《老炮儿》。

2019年：电影《我和我的祖国》之《前夜》。

注：此文发表在《中华英才》2018年第2期。

静静江水亦风流

——记美籍华人、美国华人文化艺术界联盟主席于静江

2013年的腊月二十日，于静江乘坐的班机抵达首都国际机场，她脚步匆忙地走出接机处，和接机的友人简单寒暄后，坐车直奔北京大学第三医院——她的老父亲、著名表演艺术家于洋因为腰椎和颈椎同时发病，正准备一次大手术。

在接下来的十多天时间里，于静江几乎都是衣不解带地在医院里度过的。除夕那天，她从北医三院返回北影小区的家中去取东西。在短短途中，看着形色匆忙但满脸喜色的路人和随处可见的挂起的红灯笼，她那颗游子之心才捕捉到久违了的北京春节的味道。

正月初八，于洋老师出院回到家中静养，于静江才有了时间和一些久违的老友碰面叙旧，地点就是家中，因为卧床的于洋老师时时需要照料。在我们采访的过程中，于洋老师招呼人的铃声就接连响起两次，于静江一听，马上起身，一边回应了声"爸爸"，一边欢快地飞奔向父亲的房中——那声"爸爸"喊得俏皮而甜蜜，会让所有的父亲闻之欣慰异常，如果不是亲闻亲见，我都不相信会是出自六十岁的于静江之口。

"虽然国家已经对老父亲、老母亲给予了很多的关照，但身为女儿，不能时时在他们身边，是我最大的遗憾，我真不知道该怎么去弥补。"

于静江返回客厅，坐下来，环顾了一下陈设简单朴实的家，目光定格在一张家庭合影上，一脸忧郁和伤感。照片中是一家四口幸福的笑脸，而现在，其中一张笑脸已经成为永恒的记忆。

于静江与家人合影

　　人生往往会出选择题，却让我们选择得异常艰辛和痛苦。多年前，当于静江唯一的弟弟、北京电影制片厂的优秀导演于晓阳病逝在工作岗位的时候，恰逢她把中国当时最有影响力的电视综艺节目《同一首歌》引进美国。她飞回国内只有一天时间，和弟弟的遗体告别后，来不及安慰白发苍苍饱含悲伤的老父母，就立即飞回美国《同一首歌》的演出现场，亲自督导。演出结束，全场观众起立鼓掌，掌声雷动，于静江强忍的泪水再也无法控制，她步履蹒跚地冲出演出场地，仰面泪长流，失去亲人的悲痛与演出震撼的成功让她几近晕厥。

　　"弟弟现在不在了，我很想把老人接到美国，但是他们根本不习惯那里的生活，那么只有我来回奔波，尤其是他们患病期间，我一定要陪在他们身边。"

　　于静江说完，起身取来一只火龙果，细细剥皮削块，放在一个小盘子里，摆好一只小叉子，送进了于洋老师的房间——这是每天下午吃水果的时间。

　　于静江说，每天都是到夜深人静，两位老人熟睡以后，她才开始自己的工作，通过电脑和微信与大洋彼岸的先生和相关人员沟通联系，安排部署诸多烦琐的公司事宜，她才从为人女的身份转换成美国华人文化艺术界联盟主席、美国内华达州的亲善大使、星映像国际传媒董事长等一系列社会身份。

"无论走到哪里的中国人都不会忘记春节，都会在这个时候再次感受华人身份的温暖。所以每年这个时候，我都会举办一系列文化演出，慰藉那些旅居海外的游子，同时也让他们更多地了解当下的中国，不忘中国的文化。"

通过于静江北京的遥控，在美国当地的五场华人庆祝春节演出活动进行得有条不紊。

通过演出弘扬中国文化，通过文化达到沟通和交融，于静江早在20多年前就已经开始这样做了。1987年到美国以后，于静江做过六年家庭主妇，相夫育女，生活得幸福且安逸，但是她却发现自己并没有融入当地美国民众。

"在美国的很多华人，他们可能都面临这样不被接受的局面，这不是一个个体的问题，是美国民众还不了解我们的文化，更不理解我们的中国、我们的民族。怎么才能更好地融入呢？"

从小生活在北京电影制片厂的大院里，深受父母一代艺术熏陶的于静江自然而然选择了文化传播。

"美国民众迫切需要了解正在前进中的中国，而文化艺术的推广是增进相互了解的最佳途径。因为艺术是在演绎人性大爱，演绎情感的交流，艺术无疆界，爱是

20世纪90年代初于静江与父母及弟弟合影

相通的，完全能够把两个伟大民族的心连在一起。"

这一选择让于静江平添了一份责任和义务。

"我所做的一切都是我们文化人的责任，我们有责任把中国人的历史、中国人的故事告诉美国人，而这些只有通过文化的凝聚力才能做到。我想把最好的艺术介绍给美国观众，带给世界，也让漂泊在海外的华人，让我们的下一代不要忘了自己的根基。"

我忽然想起2010年，80岁的于洋老师获得第19届金鸡百花电影节终身成就奖的时候，说过这样的话："我真诚地希望年轻一代演员能把中国电影的精神传承下去，拿出真正有内涵的作品。德艺双馨才值得被尊重。"

于是就问，是不是于洋老师和杨静老师多年的培养和灌输，让她也有了另外一种传承意识。

于静江开怀一笑，说可能吧。

"也可能是骨子里就有的，很多漂泊在美的华人骨子里都有。"

的确，中国文化在美国主流社区中广为传播是近几年来美国社会最为显著的变化之一。而带来这种变化的诸多因素中，华人是关键因素之一。很多华人为中美文化交流做出了重大贡献，于静江应该说是最为显著的一位。从1994年与美国内华达州政府联合创办中国节开始，她已经先后主办过中美建交三十周年系列文化活动、"北京奥运"火炬传达旧金山主会场现场音乐会等大型文化交流活动超过五十场；国内经典话剧《茶馆》、芭蕾舞《大红灯笼高高挂》以及功夫剧《美猴王》都是经她引进到美国；2005年，她又将中国电视艺术名牌栏目《同一首歌》引进美国，第一次在海外使两岸三地的华侨与华人聚集在美国圣荷西万人场地高唱《我的中国心》，给华人世界以及中美文化交流带来了惊喜与感动。

说到这里，于静江给我们讲述了一个小细节：《同一首歌》演唱会要在当地电视台现场转播，当地媒体有人要求把"CCTV"标识拿掉，被于静江拒绝。因为她认为这个标识是中国的标志，坚决不能拿掉，最终带着中央电视台标识的晚会在当地电视台播出，这是当地媒体有史以来的第一次。

像这样的被于静江称作小细节的事例有多少呢？于静江爽朗一笑，说太多了，

记不得了。

其实，记得与否已无关紧要，但可以肯定的是，在早期的中美文化交流工作中，于静江已经做了很多开拓性、前瞻性的工作，创下了许多个第一，为现在中美蓬勃开展的文化交流打下了良好的基础。同时也可以想象，这个基础打造的背后，一定有许多不为人知的艰辛和坚守。

于静江说，其实文化交流不仅仅是把中国的文化带到美国这一种形式，她已经成功地承办了三届CCTV青年歌手电视大奖赛，还承办了湖南卫视的"快乐男声"北美赛区选拔赛，把十多个在美国出生的"华二代"带回祖国，让他们直接感受中国的现状、中国的人文，通过他们的所见所闻，把当下的中国介绍给美国人民。

于静江总结说，中美文化交流有三个阶段，那就是认识、认知和最大化的交融与合作。前两个阶段已经完成，现在面临着第三阶段的开展，也就是文化企业在美国市场怎么才能成功运作，中国的文化品牌怎样才能在美国社会打响，现在应该是到了一个瓶颈期，必须有新突破才能真正让中国文化企业迎合美国社会的真正需求和市场，这也是她在探寻的一个问题。

2014年2月18日，于静江将带着这样的问题，告别年迈的双亲，匆匆踏上归程。回到美国后的她无论每天多么繁忙，都会在下午六点准时回到家中，给下班回家的先生一个拥抱，一个微笑，给这个家庭最东方式的氛围营造。而她的女儿，毕业于美国加州州立大学的倪静思，那一刻，可能正在世界某地旅行。

"女儿是学国际社会学的，我赞成并支持她走出去了解这个世界，观察这个世界。"

于静江已经几次把这个出生在美国的女儿带回中国，让她去观察北京的传统与现代，让她去乘坐高铁，走遍大江南北，用自己的目光去捕捉和感受中国文化的博大精深。

"我的女儿已经有了这样的设想，要继续在环保方面学习深造，目的是回到中国来治理一下空气和环境——这个典型的'香蕉人'已经知道关心我们国家了，我很开心。"

于静江再次开怀。

静静江水不失浩瀚与壮阔。

从北京到旧金山，横跨东西，交融中美，每一次奔波往返，都呈现着一种女性别样的胸襟。女儿、妻子、董事长、主席，每一种身份的转化都挥洒着自如的潇洒和夺目的风流。

这，就是于静江。

于静江：中国文化在美传播人，中国国际教育电视台北美分公司总裁，美国GCETV总台台长。曾成功将中国电视艺术名牌栏目《同一首歌》、北京人艺《茶馆》等剧目引入美国。

注：此文发表在《北京纪事》2014年第7期。

雅趣萦身修本性

——我眼中的表演艺术家张铁林

现在，每当北京电影学院招生的时候，全国各地怀揣梦想的孩子们都会从五湖四海云集北京来参加考试，真正是趋之若鹜。2017年、2018年，报考人数屡创新高，录取比例已超200∶1，让人惊叹。然而，20世纪70年代末80年代初，北京电影学院的招生却没有这么火爆。那时候，每到招生季节，学校会委派一些老师分赴各大城市，去专门设点招考。当年，张铁林就是从西安给招进电影学院的。

当年的主考老师李慧颖对张铁林的考试情形记忆犹新：张铁林过五关斩六将，好不容易到了三试，却适逢大雨，所有考生都面试完了，就是不见他的人影。李慧颖老师望着门外的瓢泼大雨，正暗自揣测缘由，门外突然冲进来一人，上身穿一件跨栏红背心，下身穿一条运动短裤，脚蹬一双白色回力球鞋，已然落汤鸡一般，正是张铁林。原来，他先是班车误点，后是大雨阻路，所以来晚了。他进到考场，先是三下五除二扒下上身的背心，两手使劲一拧，拧干雨水，转眼又把背心穿上，而后，开始自报家门，接受老师的提问。

李慧颖老师说就是张铁林那股虎劲，让她看中了这个学生，力排众议，招了进来。

也是由于要拍摄李慧颖老师的纪录片，我想采访一下张铁林，但是又担心遭到拒绝，毕竟那段时期，张铁林塑造的"皇上"家喻户晓，火得正当时，有这样的空闲吗？从李慧颖老师那儿要到了他的电话，打过去，居然是他本人接听，简单说明来意，请他谈谈恩师的往事。张铁林欣然应允，约定采访如期。

一周后，我带着摄像、录音等一班人马敲开了张铁林位于亚运村的家。

房屋是复式结构，典型的后现代装陈，沙发及家具很时尚，装饰则很古典：有一尊石佛，有两扇江南风格的木格子门，一看就年代久远，还有一些老物件，奢华中弥漫着书香。

采访在二层进行。近20平方米的空间，有一张台球案大小的桌台，上面铺着毡布，还有文房四宝，毛笔林林总总一大堆。看来是张铁林研习书法的地方。

于是，采访就从书法说起。

张铁林说，他的爷爷是老中医，给人开方都是用毛笔写字：

"横平竖直，不能歪斜。字如其人，字不正人不正，人不正怎么可以医人？医者仁心，我爷爷经常这样说。"

张铁林在家中接受作者采访

张铁林说，从小看着爷爷写毛笔字，自然而然地就喜欢上了书法，还没上小学就开始用毛笔写字，上了小学以后，他的毛笔书法作品还参加过中日少年儿童书法交流展。无论是在北京电影学院学习期间还是后来，哪怕是拍戏的间隙，他都会提笔写毛笔字，并且几乎每天都用毛笔写蝇头小楷记日记：

"我觉得写字对我来说就是一种最好的休息，一种不能放弃的爱好。"

张铁林说到这儿，起身拿过台案上一枚印章，上面刻的是"三天写字两天唱戏"——足见书法艺术在他心中的地位。

"现在的影视圈太浮躁，行走其间，难免人也浮躁。只有回到书房，我才会静下心来。书法需要心静，可以让我脱离外面的烦躁和浮华。"

圈内一直有人说张铁林是影视界书法第一人，我问他自己怎么看。张铁林嘿嘿一乐，神情颇为自得，说：

"言过，不符，就是喜欢写而且写了几十年而已。"

马上又补充说：

"不过，如果你真穷得在北京混不下去了，我就给你一幅字去卖，挣普通人半年生活经费还是不成问题的。"

所有人都开怀。

不过，我相信此言不虚。因为，据说张铁林的书法价位已经达到了每平方尺3000元以上。

由书法自然说到收藏。在圈内，张铁林收藏的名气不逊于他当演员。他的收藏当然不是家内陈设那些陈物旧作。张铁林的收藏仅限于"带字儿的东西"，也就是收藏手札——古人的书信。

在古代，书信有多种名称，如札、牍、简、启、笺等，或因最初书写材料的不同而得名，或以用途、作者身份的不同而区分。在纸张尚未发明和应用之前，当时一般把文字都记录在竹木片上。写在木板上的信函叫札、牍，写在竹片上的叫简。纸发明以后，木板和竹片虽不再使用，但名称仍沿用下来。在中国，目前所见迄今为止最早写在纸上的书札，是陆机的《平复帖》，现藏北京故宫博物院。

"手札里表现出来的都是书写者真实的性情，来往书信里面说的常常是鸡毛蒜皮的小事、不登大雅之堂的话题。而这些话题往往能体现一些名人在正史中不见经传的性格侧面。"

兴致所至，张铁林让我们停止拍摄，带着我们下楼，打开电脑，展示他收藏的手札图片。他找出一幅落款为"蒋中正"的手札，又让我们看齐白石的手札，说：

"你仔细看看内容。这是一件齐白石卖画的信件，信中他把自己写成一副衣食无着、可怜巴巴的模样，不得已而只能卖画，让人忍俊不禁。"

张铁林说，书法在信纸上所体现出来的精神似乎比大幅书法更加生动，更加自然，更贴近书法的本原。

我们回到二楼，继续我们的采访。话题落到他当暨南大学艺术学院院长。他莞尔，说："教书育人，为人师表，不是那么容易的。所以更需要时时修炼本性，德高才为师，才能不负学子。"

恍然大悟，张铁林为什么能由搬运工成为名演员，为什么能只身赴英打拼成为好莱坞导演乔治·卢卡斯的助手，为什么能阔别大陆影视圈近十多年后重新回归而一炮叫响，一切的一切，都因为这个人时时在修炼本性。

张铁林：1957年6月生，著名表演艺术家、暨南大学艺术学院院长。2013年担任世贸联合基金总会荣誉主席及形象大使、香港佛教文化产业形象大使。

主要作品：

《大桥下面》《垂帘听政》《火烧圆明园》《还珠格格》《铁齿铜牙纪晓岚》等。

注：此文发表在《中国名家》2011年第5期，后在山东《德州晚报》专栏"影人面对面"转载，有删改。

笨鸟先飞

——我眼中的演员李冰冰

2014年岁末，国际著名时尚网站Beauti Mode评选出了"2014年度风云女性榜"，在前十名中仅有两张亚洲面孔，其中之一是中国影星李冰冰。与此同时，她参演的好莱坞大片《变形金刚4》正在国内热映。这一年，李冰冰作为联合国环境规划署亲善大使，在气候峰会上发言……

对李冰冰来说，2014年，是风光无限的一年。

其实，在多年前，李冰冰已经凭借《云水谣》问鼎中国电影金鸡百花奖和华表奖双料影后，成为中国电影界青年演员中的佼佼者。

李冰冰说，当年在上海戏剧学院读书的时候，谁也没有想到她会取得这样的成绩，因为她曾是公认的上海戏剧学院93级表演班中最笨的一个。

1992年初春，已经是小学老师的李冰冰负笈南下，从黑龙江哈尔滨来到中国时尚前沿的大都市上海，和一群怀揣梦想的孩子们一起站在了上海戏剧学院的考场上。之所以放弃教师这一职业而重新定位自己的人生，李冰冰后来说是因为一年两个假期让她觉得在虚度光阴，而之所以选择上海戏剧学院是因为看戏、看书知道有个"大上海"，所以很想去看看。而这一"看"就留在了上海戏剧学院，成为徐露、李钰、任泉、廖凡、海一天等人的同班同学。东北人的豪爽热情让李冰冰很快成为所有人的好朋友，但朴素的穿着、朴实的言语往往又让她成为大家嬉闹的对象。任泉、廖凡等人到现在还记得李冰冰当年两腮上的高原红，入学都两年了，那腮红依然很明显，而那两条大麻花辫子普通得不能再普通，那条洗得发白的工装裤则大概是她最时髦的装束之一了。

虽然朴实的穿着和豪爽的性格让大家对她都很有好感，然而在最为关键的学业上，李冰冰表现得却十分笨拙和吃力。每次上主课表演课，老师问谁还没有回课（表演课上，上堂课布置作业下堂课就要检查即回课），回答者总是坐在角落里的李冰冰，她很羞愧地把脸抵在桌面上，低低地举着手，从嗓子眼里发出蚊子叫一样的声音："老师，我。"

李冰冰自己说到这些，笑得前仰后合：

"可不是嘛，我也不知道那时候怎么那么笨。我可不愿意上表演课了，整天想着怎么逃课，不过最终一节也没逃。可是，心里可抵触了，丢人显眼啊。其实在考学的时候，没有想到要演戏，更没想过将来还要做演员。不会演戏怎么做演员啊，所以压根没有想。"

李冰冰说这些话的时候，正在补妆，马上就要去参加时尚芭莎年度慈善晚宴，正兴致昂扬。

李冰冰与任泉合演小品

"一直到1995年，泉哥（任泉）约我一起做一个小品，去参加'全国艺术院校小品大赛'。泉哥熬夜想出了一个创意，我们反复排练，然后来到北京，出人意料地获得了这次全国大赛的二等奖，再回到学校，所有人对我才开始刮目相看了。"

李冰冰说得轻描淡写，但我知道事情经过并不这么平淡：李冰冰和任泉来到北京以后，先是就近找了一家十五块钱一宿的小旅馆住下，报上了名，然后继续反复排练那个叫《二芹》的小品。任泉在里面扮演一个爷爷，李冰冰则扮演孙女。很快，比赛开始了，两个人到了场上，演着演着，任泉的鼻子忽然流出血来，这是令二人万万想不到的，李冰冰第一反应就是赶紧用袖子去擦拭任泉的鼻血，并且急中生智，大声说"你别哭，你别哭"，让台下的观众和评委误以为任泉是在落泪而不是流鼻血。

演员任泉这样描述当时的情形：

"我那是第一次发现李冰冰反应那么迅速，我还没回过神来呢，她已经叫出来了，说让我别哭别哭。我才反应过来，急忙配合着演完了整个小品。虽然小品创意是我想的，但是如果没有冰冰的反复排练，效果肯定不会这样好。她排练到着魔的地步，我为什么会流鼻血，就是因为到北京以后每天晚上1点前是不睡觉的，都被李冰冰拽着在对台词，琢磨走台。每天我睡下了，她还不睡，还在那琢磨人物心理和动作。开演前一天晚上，在小旅馆的天台上排练完以后，我刚睡下，冰冰就又来敲门了，因为她又加了新台词进去，硬把我拽起来，重新排了一遍。呵呵，当时，我对她那个抱怨！"

任泉又补充说，那次合作之前，作为好朋友的他们已经合作拍摄过多部广告作品，但直到那次小品合作，他才第一次发觉，自己其实不了解李冰冰。

其实，不了解李冰冰的不仅仅是她的同班同学，还有很多圈里圈外的人，当2008年李冰冰站在金鸡百花电影节的领奖台上时，很多人都对这个没有任何来头的东北女孩感到诧异，诧异她何以会取得如此辉煌的成绩。当李冰冰手拿影后奖杯告诉众人，从台下走到台上她仅仅用了几分钟，但是从入行到领奖，她却走了整整十年，言罢，喜极而泣。众人一片唏嘘，似乎也找到了答案。

但无论如何，笨鸟先飞。李冰冰已经不再是上海戏剧学院那只羞涩的丑小鸭，

李冰冰与任泉合影

她通过《过年回家》《大明宫词》《天下无贼》《云水谣》一系列影片，已经名副其实地成为一只白天鹅。

我在写这篇稿子的时候，李冰冰正站在台湾第46届金马奖的颁奖台上。凭借《风声》，她成为了本届金马奖影后。

关于李冰冰在影片《风声》中的表演，原著作者麦家说，在他心中，李冰冰扮演的李宁玉是真正的英雄（原著中李宁玉是老鬼），所以他非常在乎李冰冰的表现，原以为她是偶像演员，现在看来，李冰冰完全颠覆了他的想象；导演高群书则说，原以为大明星不会那么无所顾忌地撒开演，没想到李冰冰会如此投入地面对自己的工作和表演；而台湾导演兼编剧陈国富则直截了当地说，这部影片是把李冰冰拍得最美、最性感的一部片子，因为她演得忘我。

李冰冰对自己在《风声》中的表演感触最多的是，入行以来第一次拍了裸戏："我在现场可谓是完全崩溃，黄晓明的手刚一碰到我旗袍的扣子，我的眼泪就哗哗下来了，全身是鸡皮疙瘩。到最后实在憋不住了，撕心裂肺地一叫，那是最本能的反应。可能我对这个人物所要遭受的恐惧'预习'的时间太长了，在看剧本和揣摩角色的时候，我就已经开始去设想这段戏，拍的时候，这种漫长的折磨让我一下子爆发了。"

本来，在拍摄这场戏的时候，工作人员也准备了裸替，以备特殊情况。但李冰冰最终战胜了自己，大部分镜头自己完成。为了达到理想效果，她在拍摄前还喝了白酒，她说："我是体验派的，我不喜欢装，你真喝了点酒，你再演，是另外一种感觉，而且你内心是极度相信的。"即便是在后期配音时，为了取得效果，李冰冰同样也喝了酒。《风声》之后，李冰冰从此不再沾烟酒。

"这个角色也是给了我自己一次惊喜。"李冰冰说，"导演们说对了，我除了可以演《天下无贼》里的小叶，《云水谣》里的王金娣，那些个性很张扬、很热情的角色外，也可以演这种内敛的，用导演的话说，很大家闺秀的角色。"

如今，李冰冰已经与角色李宁玉告别，但她依然对其有一种刻骨铭心的难忘之情："演一个角色就像恋爱一样，很难割舍。戏拍完的那一刻，觉得心里很失落，就像失恋一样，这个角色一下没了，下一次你见到它就只能是在大屏幕上。"

我们再次领略李冰冰"恋爱"对象的风采，应该是在大导演徐克执导的新片《狄仁杰之通天帝国》中。这同样是一部云集了刘德华、梁家辉、刘嘉玲等巨星的影片，李冰冰在里面扮演主要角色上官静儿，将有三种造型出场，最为惊艳的应该是男装造型，风采堪比多年前林青霞塑造的东方不败。这部影片拍摄结束后，李冰冰有了一个外号"拼命三郎"，原因是拍摄进程中，她几次受伤，而又几次带伤进组拍摄。冰冰的理由是不能因为自己而耽误整体进度，还有一点，是她有几场戏是和刘嘉玲等人搭戏，这是她学习的好机会，她不想放弃。

我们期待上官静儿，相信还会给大家一个惊喜。

现在，就让我们一起分享李冰冰的喜悦，她正举起金马奖影后的奖杯，面带泪水地向我们微笑，笑得沉静而悠然。

李冰冰：中国著名女演员、联合国环境规划署（UNEP）首位中国籍全球亲善大使、世界自然基金会（WWF）全球大使、国际气候组织"百万森林"亚太区大使。

主要作品：

——《少年包青天》《天下无贼》《云水谣》《风声》《功夫之王》《雪花秘扇》《生化危机5》《谜巢》《巨齿鲨》等。

注：此文发表在《星途》总第410期，后在山东《德州晚报》专栏"影人面对面"转载。

花雅自然芳

——我眼中的演员周迅

2005年的时候，周迅已经算是一个"腕儿"了。此前，她已经凭借电影《烟雨红颜》获得了第25届大众电影百花奖最佳女演员奖、凭借《恋爱中的宝贝》获得第1届中国电影导演协会最佳女演员奖、凭借电影《那时花开》获得第10届大学生电影节最受大学生欢迎女演员奖等十多个奖项，更是凭借《大明宫词》和《橘子红了》两部电视剧家喻户晓。有媒体把她评为内地演艺圈"四大花旦"之一，与赵薇、章子怡、徐静蕾并列。

有一年秋天，陈可辛携周迅来北京为即将上映的新片《如果爱》做宣传，中央电视台电影频道那时还没有开设《首映》这个栏目，但也特意举办了一场发布会为他造势，地点是在黄寺大街的解放军文化艺术中心的录制中心。因为频道提前有宣传，所以现场到了很多热心观众。陈可辛和周迅也早早就到了录制现场，化妆完毕，和我一起走台词。陈可辛的普通话不是很标准，但是很认真。电影频道的"频"他总是读成"片"，为此，他特意让我给他几次纠正。我们在纠正"频"的时候，周迅在一边乐不可支，不时也插话。周迅的嗓音沙哑浑厚，与她身材的纤秀很是不符——所有网络资料都显示周迅的身高是一米六，显然有些不符，周迅看上去娇小得很，身高不足一米六，只是鞋子后跟很高，让人看着都担心。

就在这时，门外忽然传来一阵嘈杂，周迅好奇地向外张望，她的助手解释说是观众围在门口要周迅签名，周迅说那就让他们进来吧。

周迅的助手是一个小姑娘，应该是刚刚从事这个行当，看上去怯怯的（事后证实她是周迅刚刚新换的助手），她小心翼翼地说："现在不是应该准备节目流程吗？让他们进来不就耽误了吗？"

周迅从容一乐，说：

"要是这点事儿就耽误了主题，那以后我就别参加任何活动了。大家既然都来了，就别让人家等。"

周迅说完，又征求陈可辛：

"陈导，我可以让他们进来给他们签名吗？"

陈可辛很"洋范儿"地耸耸肩膀，表示无所谓。

周迅就微笑着示意助手去打开房门，让观众进来。助手还有些犹疑，周迅笑得更加自信和肯定，点点头，说：

"真的没关系。"

助手这才打开房门，一群热情观众一拥而入。周迅始终微笑应对，等到现场执行导演催场，签名还没结束。周迅披着外套，一边走向台口一边继续签，当电影频道主持人经纬开始把话题引向周迅的时候，最后一个观众才举着签名满意而去。周

作者与周迅合影

迅抖落下外衣，沉静自信且满面微笑地把手伸向陈可辛——他们要携手上台。

在《如果爱》造势宣传之前，我和周迅还有过一次合作。2004年底，我们在浙江安吉举办电影频道新春晚会，周迅应邀献歌《看海》。不过，那次来去匆忙，走台排练都没赶上，她到场时，妆都已经化好，在几名助手簇拥下，进入演出场地，友好地向我们导演组每位成员微微招手示意。当时导演助理和我说，周迅看上去还装得很谦卑，我还含混其词地表示认可。

现在看来，周迅不是装。

人生在世，有些东西是装不来的。

20世纪90年代初期，导演谢铁骊拍摄《古墓荒斋》，导演谢衍拍摄《女儿红》，他们都是通过照片找到的周迅，让周迅从浙江艺校走上银幕。从中国第一代挂历女郎走入全世界华人的视野，单单靠"装"是办不到的，他们都从周迅的大眼睛里读到了认真、勤奋和深深的谦卑。

周迅自身良好的艺术感觉和极大的可塑性，有目共睹。不管是早期找周迅拍戏的谢铁骊、陈凯歌，还是接连与周迅合作的李少红，都对这个女孩子给予了极高的评价，陈凯歌更称周迅为"一个很好的心灵沟通者"。

而"心灵沟通者"就不仅仅是"才气"可以解释的了。

相信周迅的艺术道路还会走得更远，因为清水无香弥久远，花雅自然芳。

周迅： 中国著名女演员、歌手。迄今唯一包揽香港金像奖、台湾金马奖、大陆金鸡百花奖影后桂冠的演员。

主要作品：

1991年：出演《古墓荒斋》。

1995年：出演都市喜剧片《小娇妻》里的洋洋；《风月》中饰演"小舞女"一角。

1997年：《荆轲刺秦王》饰演"小盲女"一角；电视剧《红处方》中饰演吸毒女沈佩。

1998年：主演《苏州河》，获得第15届巴黎国际电影节最佳女主角的桂冠及法国演艺集团最具潜力新人奖。该片也获得第29届荷兰鹿特丹国际电影节大奖（金虎奖）、第十五届法国巴黎国际电影节"最佳影片"、美国《时代》杂志2000年十佳影片。同年，主演古装大戏《大明宫词》。

2000—2002年：接连主演民国大戏《人间四月天》《像雾像雨又像风》《橘子红了》等剧，凭借影片《橘子红了》获得第二届中国电视艺术"双十佳""十佳演员"。

2001年：主演《香港有个荷里活》。

2002年：主演法籍华人戴思杰执导的法国电影《巴尔扎克与小裁缝》。

2003年：出演电视剧《射雕英雄传》中黄蓉一角。

2004—2005年：主演电影《恋爱中的宝贝》《美人依旧》《鸳鸯蝴蝶》。

2005年：主演歌舞片《如果·爱》。

2006年：出演电影《夜宴》。

2008年：主演电影《李米的猜想》《画皮》《女人不坏》。

2009年：主演电影《风声》。

2011年：主演3D武侠巨制《龙门飞甲》，饰演凌雁秋。

2012年：接连出演《大魔术师》《画皮2》《云图》《听风者》。

2014年：接拍《撒娇女人最好命》《我的早更女友》。

2017年：主演电影《明月几时有》。

2018年：主演古装宫斗剧《如懿传》；出演电影《你好，之华》。

注：此文发表在山东《德州晚报》专栏"影人面对面"。

餐馆老板

——我眼中的演员任泉

    2010年，电影《孔子》剧组最后一个镜头杀青，任泉回到了北京，约我们几个朋友小聚。我说，不拍戏了可以回来暂时休整了。演员耿乐笑着摇摇头说，泉哥不在剧组拍戏，也不闲着，他回来还得开另外一份工，那就是餐馆老板。

    耿乐比任泉年长，但他称任泉为"泉哥"。我曾问过他为什么称任泉为泉哥，耿乐挠了半天头说，大概是任泉很会照顾人吧：

    "他很乐意为大家张罗事儿吧，谁庆生啊谁获奖啊什么的，泉儿都会在他的餐厅里举办庆祝活动，邀大家同来助兴，很暖心的。"

    其实，我知道最早称呼任泉为"泉哥"的，是演员李冰冰，时间应该是二十多年前，当时他们还都是上海戏剧学院表演系的学生。李冰冰是那个表演班里"开窍"最晚的，都要毕业了，还不显山不露水。而任泉那时不但接拍广告，还出演了第五代女导演彭小莲的电影《犬杀》，已经开始蹿红。任泉有什么外拍都会喊着李冰冰一起去，临近毕业，还是任泉帮李冰冰设计了一个叫《二芹》的双人小品，使得在班内表演一直处于劣势的李冰冰从"丑小鸭"一跃而成为上戏93级表演系的"白天鹅"：

    "那个小品获了奖后，才有人认识到我还是会演戏的。"

    在有一年的时尚芭莎慈善晚宴上，我曾就这个话题向李冰冰求证，李冰冰高举酒杯，仪态万方，连连点头说是的，无论何时何地遇到什么烦心事，任泉都会在第一时间听自己诉说，并会给予安慰和帮助，所以任泉一直是她的"泉哥"。

李冰冰的这个叫法现在已经扩展到了圈内几乎所有的人。据说执中国电影牛耳的华谊老总王中军、王中磊也如此称呼任泉。

任泉的餐馆位于北京朝阳区蓝岛大厦后身，名叫"蜀地传说"——任泉透露说名字是李冰冰起的。上下三层的布局，川辣的风味，简单却绝对别致的装修：所有廊柱都用粉色或者赤色沙幔包裹，使得所有光源都肆意地弥漫着温暖和柔情。

任泉问我对那些光源有什么感觉，我说太温暖，好像回到家一样。泉哥微笑，说这正是他要的感觉，因为他希望客人们进到这里就像回到家一样。

我们进行上面的谈话还是在2006年，那是我第一次坐在略微有些嘈杂但温暖异常的店堂里。任泉开始聊他的餐厅，一如在其他公众场合的谦逊和内敛，只是有稍许的得意和满足。

任泉说，他大学还没毕业就开始筹备开餐馆了，当时在上海的餐馆就临近他的母校上海戏剧学院，很幽静的一个里弄里，仅八张桌子。他之所以开餐馆是因为他看透演员是一个很被动的行业，今后不想为了生计而去接拍一些自己不喜欢的角色，还有，就是想找一种踏实的感觉。所以，当同班的李冰冰、徐露、王亚楠、廖凡忙着为自己的演艺事业找一个稳定归宿的时候，他却在借钱筹备开一家餐厅。每当说到借钱开店一事，李冰冰都会发出咯咯的笑声，说那时候任泉身边的人没有一个同意他"不务正业"去开餐厅，所以任泉拉她入股时，她是坚决不肯。怎奈任泉主意已定，并向她筹款，她作为任泉最好的朋友，只有拔刀相助捐献出了三万元，另外三万元任泉是向徐露借的。任泉拿着从好友处借得的六万元连同自己积攒的四万元，顺顺利利地把店开了起来。

回忆起当初开店的感受，任泉用一个词来概括：辛苦。所有手续都是他骑着一辆自行车，冒着沪上酷暑，挨个去主管单位办下来的。为了节省开支，所有装修材料都是他自己拉着板车四处搜寻运来的，所有的装修设计也是他一个人熬夜策划的。

从餐厅开起来的那一年起，任泉就有了两份工作，在片场拍戏和在餐厅当老板，每日都忙得不亦乐乎。

这种繁忙的生活转眼就是二十年。

二十年间，任泉的餐厅已经从上海开到了北京，已经从当初仅有几张餐桌的小

餐厅开到了拥有七家连锁店的大店面，他本人可谓是少有的圈内经商成功的人士。但任泉却说，开餐馆并不是为了赚钱。

任泉童年梦想的职业与演员有着天壤之别：当一个门童。大檐帽，白手套，神气十足的表情，让小任泉很向往。所以初中毕业的时候，一个同学拉他一起去报考黑龙江艺术学校，他没有同意，后来被那个同学拉去当陪考，却出人意料地"喧宾夺主"——那个同学没有被录取，他被录取了。自此开启了他人生的表演篇章。

任泉说，人生就是这样无法预料，无法预料的人生往往让人迷失和浮躁。

再后来，在艺校老师的极力鼓励下，他又去报考了上海戏剧学院，结果是艺术殿堂再次向这个东北大男孩敞开大门。他从大二就开始接拍影视剧，毕业以后又相继接拍了几部足以名留荧屏的大作，比如《少年包青天》《都是天使惹的祸》以及《花样的年华》。然而，任泉在为原本就活色生香的影视屏幕镶上绮艳花边的同时，也使得人们由于过于关注他的外形，而忽略了他在演技上不断的付出与努力。日渐成熟的任泉开始为自己搭建不同类型的表演平台，他希望所扮演的每一个角色不再是银幕上漂亮的影子，而是拥有穿越时空和沉淀人心的真实分量。拍摄于2005年的《大清徽商》是一部描绘徽商血泪人生的影视作品，而身为餐饮业老板的任泉，凭借着自己这几年在商界的打拼心得，将剧中人物汪宗昊演绎得臻入化境，入木三分，从而迈出了自己由偶像型演员向实力派演员转型的重要一步；2006年，任泉一连担当了《数风流人物》《生于六十年代》等几部央视大戏的"男一号"。为了对自己以往表演角色进行一个颠覆，任泉还参与了电影《集结号》的拍摄，扮演了影片中略带书生意气又坚强勇敢的九连指导员一角，刷新了人们对他以往角色阴柔的印象，展示了一个不失阳刚的表演灵魂。而这部影片也让这位从小就生活在齐齐哈尔的小伙子重新找回了属于东北人特有的豪放与不羁。2013年7月28日在亚洲偶像盛典颁奖典礼上，任泉获亚洲地区"最佳跨界艺人奖"。

而今的任泉早已经不是那个初出茅庐的小男生了，他的魅力不但征服观众，也在征服资本市场。他华丽转身为制片人，安身幕后影视制作，与李冰冰工作室联合出品制作系列惊悚恐怖电影《张震讲故事》，再次名噪一时。2016年，任泉决定彻底退出娱乐圈，专注于做创业投资，他与李冰冰、黄晓明、黄渤、章子怡等人组建的StarVC是他征战商界的新平台和新起点。

然而，安静的时候，任泉最喜欢的事情还是坐在自己餐厅的一个角落里，看进进出出的食客。

任泉说，餐厅打开了一扇观察生活、体验人生的窗口，让他更便捷地、更广泛地接触到了社会中形形色色的人和事。

任泉说，二十年来，餐厅给了他踏实的感觉，这才是他最大的赚头。

这很难得。

任泉：本名任振泉，1973年3月4日出生于黑龙江省齐齐哈尔市，中国内地男演员、制片人、投资人，毕业于上海戏剧学院。2000年出演古装剧《少年包青天》中公孙策一角而走红，被内地媒体评为四大小生、四小天王之一；2009年参与制作电视剧《寻找证人》，正式涉足幕后成为制片人；1997年任泉独立创业成立了第一家蜀地辣子鱼餐厅，规模最大时在全国拥有七八家连锁餐厅；2013年与李冰冰和黄晓明合伙创办热辣壹号火锅连锁店；2014年成为中国营销盛典中国十大营销人物之一；2016年3月17日，任泉微博宣布息影。

主要作品：

《都是天使惹的祸》《秀丽江山之长歌行》《新亮剑》《少年包青天》《集结号》等。

注：1.此文发表在广电总局直属国家级刊物《电影》2008年第2期，后在山东《德州晚报》专栏"影人面对面"转载。

2.作者导演拍摄的电视人物纪录片《任泉这十年》已在中央电视台电影频道播出。

清水无香真滋味

——我眼中的演员黄小雷

细数20世纪80年代中国影坛偶像级的男演员，一定不能忽略北京电影制片厂演员黄小雷，当年，他因为主演《今夜星光灿烂》《乡情》等影片风靡大江南北，他塑造的形象淳朴、至善，举手投足都凸显着人物朴实无华的本性，深深地印在了几代人的脑海里。

当中央电视台电影频道《电影人物》栏目一定下他的选题，我马上请缨去采访拍摄，因为，他是我青春时期的偶像。

约定见面是在那年深秋。

北影小区里银杏树的树叶已经全部转黄，放眼望去，一片金黄。

站在北影厂一幢宿舍楼下等黄小雷下班归来，几枚银杏叶翻飞飘下，落在我们的肩头，又飘落在地上，就像电影《阿甘正传》中那根飘飞的羽毛。

准时准点，过来一人：平常服饰，看上去正式且严肃，骑着一辆自行车，这辆自行车即便不上锁放在大街上也不会被偷走，因为老旧。

有些不相信自己的眼睛，但的的确确，来者正是黄小雷。

简单寒暄后，他带我们上楼去他家。同样，再次与想象中大相径庭：他的家没有丝毫奢华的装修和铺排，普通、朴实，但是洁净、整齐，略显得冷清。

我注意到墙上有两幅画，都画的是马。

"我觉得自己性格中缺少奔放，所以就挂了马来激励自己。"黄小雷似在戏说。

还有一幅字："难得明白。"是已故表演艺术家谢添的墨宝。当年，谢添老师

20世纪80年代获得国家政府奖的黄小雷与众影星合影

和上海电影制片厂的赵丹老师有中国影坛"南赵北谢"的美誉。

人说难得糊涂。

但，谢老爷子怎么让黄小雷"难得明白"呢？

黄小雷说，至今他自己也不明白这是为何。

言归正传，开始采访。

其实，对黄小雷的经历也已经有所掌握：出生在北京，初中毕业，被分到北京第二汽车制造厂担任车工。五年后，随同工厂工友去北京劳动人民文化宫观看游园晚会，被北影厂当时负责招收新人的俞立文发现，经招考进入北京电影制片厂。从20岁到25岁期间，参演了《沸腾的群山》《万里征途》《大河奔流》《婚礼》《元帅之死》等多部影片。他塑造的这些影片中的人物，魅力在于平凡而真实可信，在平淡中寓新奇，他也因此两次荣获北影的"青年演员进步奖"。又在电视剧《朱德》中成功地饰演朱德，获中国电影表演艺术学会首届学会奖，该剧还获西南地区电视评比特别奖。之后，又主演了《今夜星光灿烂》《乡情》等影片，尤其是在《乡情》中，黄小雷用心塑造了角色田桂，各种赞誉扑面而来，使得《乡情》荣获了1981年度文化部优秀故事片奖、第五届大众电影百花奖最佳故事片奖等一系列殊荣。

黄小雷说自己从来没有想到要当一个演员，他来北影厂之前已经在工厂出徒当师傅了，当的是车工，每天八小时工作制，但是会加班，加班的话每天就要工作十四个小时，比较辛苦，但是很快乐，很充实，他从来都是按时按量完成工作指标。

我们说话间，黄小雷读高中的儿子回来了，他礼貌地和我打了招呼，走向自己的房间去温习功课，听父亲说到工厂的经历，就插话说：

"听我奶奶说，我爸爸在工厂的时候，为了赶工作指标，每天都尽量少喝水，以减少工作期间去厕所的时间。"

黄小雷接口说："师傅给的活儿就应该保质保量尽早完成，能不耽误就不耽误。"

我问他五年的工人生涯留下什么印象。

黄小雷想了想说，踏实工作，尊重他人：

"一定要尊重人，这样你自己也会被尊重。社会是一个大课堂，只有你尊重别人你才会受益，学到更多为人处世的原则。"

又问他初到北影当演员是不是很兴奋。

黄小雷说，兴奋是一定的，主要是觉得很幸运：

"我真的没有想过自己会成为演员，所以最初是受宠若惊，因此，能找机会学习就想办法学习，以提高自己的表演水平。"

再问他我听说在北影厂当演员的时候经常做一些剧务的活儿，是否属实。

黄小雷微微一笑说，属实：

"按说我是演员，是可以不做剧务方面的活儿的，但是，我愿意做。仅押运道具的活儿就好几次，押运道具的车是那种现在已经没有了的闷罐车，人上去以后，门一关，整个黑咕隆咚，吃饭就是用酒精炉煮面条拌黄酱，从北京押运到开封，一走近一天时间。"

我问，有没有觉得丢面子呢，一个已经小有名气的演员去干这些体力活。

黄小雷急忙摇头：

"没有，没有，从来没有，我觉得我是新人，就是学习，就是多体验，我忘了哪个老师跟我说，演员一定要多体验生活，才能刻画好形象。所以，每一次做这些剧务的活儿，我都当成生活体验。我体验到了很多生活细节，对塑造角色特别有帮助。"

关于这一点，北京电影制片厂老演员俞立文事后在接受我们采访时说：

"一开始，有人觉得这人是假的，是在装样子，但时间长了，发现黄小雷是真的。他就是那样一个踏实的人。"

我们谈话的内容已经到了20世纪90年代。那时候，走穴、赚钱、出国、下海、出书成为一代人引为时尚的成功模式，但已经家喻户晓的黄小雷却放弃了这种模式。1994年一纸调令，让他从一名演员成了北影演员剧团的副团长，开始了按部就班的行政工作。2000年至今，他又担任了中国电影集团公司艺术创作人员中心的党委书记和副主任。

在我们的请求下，黄小雷欣然同意带我们去看看他的办公室。走到门口，他才意识到还没穿外衣，急忙喊儿子帮忙把衣服递过来，儿子一边递衣服一边随口告诉我们："这是我爸爸唯一一件名牌的衣服。"

我注意看衣服的商标，是鳄鱼牌。

一边下楼，一边问他作为演员和领导干吗不讲究一下穿着呢。

"无论做什么的，不都是生活嘛，生活还是应该平淡一点。清水无香真滋味。"黄小雷淡然一乐说。

黄小雷办公室的陈设果然简单，甚至可以说陈旧和简陋：不足十平方米的空间里，摆放的都是老式的办公家具，而且颜色和样式还不统一，总共五六件，却三个式样，两个色系。

黄小雷解释说家具都是以前其他部门用过的。看到我们诧异，随口又补充说："办公嘛，不讲究家具，只要能办点事就成。"

事后，我们才知道这个小房间却是很多北影老演员们爱去的地方：

"坐在那里说说话，叙叙旧，还能找到以往的感觉。不错。"

谢铁骊虽然是大导演，但也归属艺创中心管，只要到艺创中心开会，他都会到黄小雷的办公室坐一坐，说说话。

"黄小雷还是拿我当导演，他当演员这么个身份来对待。"谢老爷子很高兴地这样说，"黄小雷绝对不会对领导一面对下属一面，从来都是一视同仁，什么事情找到他，他一定想办法帮你解决。

"黄小雷虽然在演技上不是出类拔萃的大演员，但是，在人品上确实这个。"谢老爷子高高地竖起了大拇指。

我问他从事行政工作是不是很枯燥。

黄小雷说，那是自然，尤其是从事过演员行当后，这种体会就更加深刻，不过这也是工作：

作者与黄小雷合影

"以前当演员是工作，现在当领导也是工作，既然组织上分派，说明组织上信任我，就不应该想三想四，只有把它干好。"

说得丝毫不做作，看得出这是本心。

我问演员和行政领导，他更喜欢哪一个。

黄小雷不假思索地说当然是演员，演员可以自己体会更多的人生。

我又问既然更喜欢当演员，为何近年来参演剧目不多呢。

黄小雷淡然一乐说，现在的主要工作是做行政，其他的都得为这个服务，不能因为自己的喜好而影响组织上安排的事情。

生于20世纪50年代的那代人服从和忠诚的共性在黄小雷身上得到了最好的体现。

我问有没有因为比较而感到失落，例如和当下的年轻演员比较，和同时代某位所谓"腕儿"比较。

黄小雷没有立刻回答这个问题，而是问我们他像五十多岁的人吗。看到我们一致摇头，他才说：

"年轻是因为有好的心态，生活对我已经很公平。我把属于自己的事情做好就行了。我从不和任何人比较，更不会和时代计较。一代人有一代人的活法，不攀不比，不忘初心，这样自己会快乐。"

说得坦然，笑容爽然。

继而，黄小雷补充说："不要以为我落伍了，我对网络、对软件都特别感兴趣，我不会让自己落在时代后面的。"

结束采访，彩霞满天。

黄小雷很诚恳地说："真希望你们多采访采访我同时代的许多好演员，像张力维、宝珣、赵娜，他们都是为中国电影事业奉献过青春的人。"

其实，一个国家电影事业的发展，不仅仅是由那些大家耳熟能详的演员、导演做出的贡献，更多的是由一大批自始至终都默默无闻付出了青春、付出了情怀的人在推动、在传承，就像黄小雷。

在北影厂大门口，握手告别，我们乘车离开，黄小雷则骑上自行车远去。

生于20世纪50年代新中国、长于六七十年代老北京、成于80年代大银幕，成功塑造了一个又一个普通百姓形象的黄小雷；在高速发展、日新月异的时代不矫揉、不造作，坦诚对待观众，真心生活和工作的黄小雷，很快就融入了北京来往的人流中……

黄小雷：生于1954年，1975年因参演电影《沸腾的群山》而登上银幕，20世纪80年代饰演过《乡情》中的田桂、《今夜星光灿烂》中的电话兵小于、《甜女》中的李华、《泥人常传奇》中的杨进宝、《月月》中的门门等，还出演过《大河奔流》《婚礼》《元帅之死》《大海在呼唤》《一盘没有下完的棋》《清水湾，淡水湾》等电影。

注：作者导演拍摄的电视人物纪录片《自自然然黄小雷》已在中央电视台电影频道播出。

小荷才露尖尖角

——我眼中的青年演员董玥

2018年初冬一个周日，我去北京昌平一家康复医院看望在那里休养的电影艺术家于洋和杨静老师。两位老人精神矍铄，身体康健，闲谈之间说到了当下影视圈诸多浮躁之事，尤其是年轻的电影人一味追求名利、背离艺术，实在堪忧。他们的女儿、美国华人文化艺术界联盟主席于静江大姐插话说，浮躁的也不是全部，有一些年轻演员就很好，不骄不躁，脚踏实地，从不背离艺术的初衷，比方说有个叫董玥的演员，就是如此。谈话间，这个叫董玥的女孩子就进门了：高挑的身材，标准的瓜子脸，难得的不施粉黛。不说话的时候，眼睛很小，一交谈，眼睛就会睁得很大，专注地看着你，眼神纯净如水，让你心娱且满意。

董玥给两位老人带来很大的一束鲜花，熟练地插到窗台的花瓶里，顿时满屋春意。

她是刚刚结束在福建古田主旋律电影《古田军号》的拍摄回到北京的，先去看望了于蓝老师，然后又来看望于洋和杨静两位老师。

静江大姐笑着责怪她怎么出门也不化妆，她俏皮地说：

"自然不更好吗？"

外面阳光煦暖，我们一起陪于洋和杨静老师到院子里散步，董玥不停地和老人说着此次拍片的感受。电影《古田军号》是由八一电影制片厂导演陈力执导的一部大型红色史诗电影，着重表现1929年红四军到达闽西特别是到古田后，毛泽东、朱德、陈毅等老一辈无产阶级革命家在"古田会议"前后发生的一系列惊心动魄的故事。董玥在其中饰演贺子珍，戏份不多，但是第一次塑造真实的历史人物，有的不是新鲜感，而是更多的紧张感：

"为了塑造这个人物，我在网上找相关介绍，还跑到国家图书馆去查阅了资料，写了近万字的人物小传。结果，拍完了，才知道，可能出场镜头很少……"

言语之间，董玥的大眼睛忽闪忽闪，难掩内心少许的失落，但随即她就释然一笑：

"不过，于洋老师，我一直记得您说过的话，角色没有大小，只要参演，就是一次学习和提高，而且，这一次，我真的学到了很多东西，尤其是在真实历史人物塑造方面，算是积累了一点经验，我相信再有这样的角色我一定会更加得心应手。"

她的话让于洋和杨静两位老人非常欣慰，老人们再次叮嘱她，演戏一定要注意积累，一定要从心出发去体验、去塑造。

董玥频频点头。

在两位老人露出倦意的时候，我和董玥一起告辞离开。董玥是转乘地铁来的，我邀她坐我的车回去。她爽快地拽开车门坐进来。

一路上，我们无话不说。

我问她和于洋老师他们很相熟吗。她说不是，就是偶然在一个颁奖典礼上认识的，从那之后，只要时间允许，就一定来看望一下老人们，她的家人都不解：有时间去拜访这些早已经过气的演员，却不去一些组里投投简历，不去和一些演员、副导演走走关系，到底为什么。

董玥说：

"我觉得和这些老艺术家们的接触就是学习，说他们是老人可以，说他们是中国电影的发展史也可以，而且和他们的交流是立体的，是丰富的，每一次接触，都会让我对自己所从事的表演事业有一个崭新的认识。真的，每一次都有，在那些同龄人身上我学不到这么多……"

董玥说，她是真的喜欢演戏，而且是越演越喜欢。其实，她当初考入中央戏剧学院，并不是表演系，而是导表专业，那个专业就招过几届，她觉得自己特别幸运。报到那天，她正在排队，表演系的指导老师指着她问，是不是站错了队伍，不应该去表演系吗。那时候，她还不知道表演到底意味着什么。直到她参演第一部戏《谍战深海》，饰演一名国家安全局的女侦察员高小白，她才突然意识到，原来自己骨子里真正喜欢的是表演：

"演员能让我尽早体验一种他人的生活，这种人生体验很难得，我想等到老了的时候，会历尽人生百态，应该是很幸福的一件事……"

董玥边说边扭头看我，一脸向往、兴奋的神情。

从入行到现在，董玥已经参演了20多部剧，塑造了近50个身份、职业都迥异的角色。问她哪一次拍摄印象最为深刻，哪一个人物塑造最为纠结。她脱口而出说，是杨亚洲导演执导的电视剧《半生缘》，在这部剧中，大腕云集：香港著名女演员刘嘉玲扮演姐姐顾曼璐、大陆偶像级男演员郭晓东扮演姐夫祝鸿才、新近电视偶像蒋欣扮演女主角顾曼桢。她是女三号石翠芝。

我问，印象深刻是因为名导演、名演员、名剧目吗。

董玥一一否定，说印象深刻是因为整个拍摄过程压力很大：

"杨亚洲导演是大家，脑子里的艺术火花随时迸发，所以在片场我根本不可能放松自己，随时都要跟上导演的节拍，随时都要领会导演所要的感觉，并且得准确无误地呈现出来，容不得半点懈怠和疏忽。而且，其他演员都那么优秀，他们的表演就是在给我上课，整个拍片过程我都是一边演，一边学，一边悟，一边再去转化，神经一直紧绷着，特别特别累……"

董玥说，有一天晚上拍片结束，回到剧组所在酒店房间，她失声大哭，一边哭一边自问为什么要接这个角色。哭够了，擦干眼泪，拿出原著《十八春》，继续将原文和剧本一一对照，琢磨第二天的戏。

"印象深刻就是因为，这是一次有压力的演出，这次拍戏让我的表演有了一次质的飞跃和提高。我特别感激杨亚洲导演和组里所有的演员。"

董玥说得有些小激动，而且，真诚。我相信她所说的话，就像她的妆容一样，没有半点虚假。

我问，很多年轻的演员都说影视圈水深，她对此怎么看。董玥沉吟片刻，说：

"我妈妈一直告诉我一个道理：是人脏水，不是水脏人，只要做好自己，不同流合污，就不会觉得水深水浊。您说呢？"

我无语，有的只是默许，又问她有没有觉得演艺之路很艰辛。她马上摇摇头，说做任何事儿都不会手到擒来，都是苦尽甘来。当年艺考的时候，和妈妈坐了近二十个小时的火车赶来北京，在地下室暗无天日的出租房内一住就是一个多月，她已经知道什么叫生活不容易。

不知不觉，已经到北二环，董玥坚持不让我再送，在一个街口打开车门，叮嘱了一句：

"我主演的《生于70年代》快开播了，别忘了去看啊，到时候一定得给我提提意见。"

她站到了路边上，摆手示意后，转身而去。在北京街头喧嚣的人流中，她身上那件浅粉色的卫衣，时隐时现，格外引人注目。

是的，这个女孩子是不会泯然众人的，因为她的真诚；

她也一定会成为一颗耀眼的明星，因为她的朴实。

小荷才露尖尖角。

心生强烈的期待，想快一点儿看到《生于70年代》，快一点看到那个叫关大红的角色，那就是董玥塑造的。

董玥：出生于山东省青岛市，中国内地戏剧女演员。2006年，董玥因获得亚洲小姐选美比赛中国区总冠军而出道演艺圈。

主要作品：

2007年：出演了个人首部影视作品《你有权保持沉默》。

2010年：出演了辛亥革命百年献礼剧《大汉口》。

2011年：主演了谍战剧《谍战深海》；出演了传奇剧《精忠岳飞》。

2013年：与霍建华、贾青、王庆祥合作出演了年代动作励志剧《镖门》；出演了校园冒险喜剧片《童年的尾巴》。

2014年：与李沁、姚笛、黄觉共同出演了现代爱情剧《从爱情到幸福》。

北京艺人

　　20世纪30年代，在中国的上海，还是有"艺人"这种称呼的，后来渐行消失，出现了术业有专攻的局面，歌手就是歌手，演员就是演员，即使是身兼数能，也仅仅是冠之以"双栖"或者"三栖"等。及至当下，这个词才又从港台蔓延回大陆。

　　中国艺人总数最多的城市好像就是北京。

作者与王迅合影

作者与著名影视演员温玉娟合影

　　山东老家的外甥暑期来京度假，去北京遍地开花的连锁超市美廉美购物，买完东西排队结账，一扭头，居然发现余则成的扮演者孙红雷就在他身后"潜伏"着，推着购物车，一脸轻松。我外甥兀自惊喜，周围人却熟视无睹，似乎是见怪不怪。等结账出来，外甥正准备打电话回家诉说他的奇遇，一抬头，居然又发现了一张熟悉的面孔，这张熟悉的面孔让他更为意外，因为这位大名鼎鼎、声名远播的人物，居然骑着一辆自行车坦坦而行，他就是濮存昕。外甥满载而归，刚刚走进我们小区，迎面居然看见大左一边接电话一边往外走。外甥吐着舌头回到家，说到与大左的偶遇，怀疑自己看走了眼，我肯定地告诉他："没错，那就是大左，我们住一个小区。"

　　外甥的奇遇其实不算什么，北京的地域优势和在全国的文化地位注定会聚拢最多数的艺人。不过，这些艺人也在做着一些"非艺人"做的事情。

演员任泉是上海戏剧学院毕业的，和李冰冰、廖凡、小宋佳等很多上戏毕业的学生一样，一路辗转，最终还是落脚北京。在出演了一系列公众熟知的角色后，现在已经不怎么接拍影视剧，而转为幕后。其实，除此之外，任泉还有一个主业，就是开餐厅，现在已经开到了第五家。我曾应邀光顾过他位于蓝岛附近的那家叫"蜀地传说"的餐馆，装潢很时尚，入夜以后，大堂内笼罩着橘黄色的光辉，一片温馨。采访时，我问任泉为什么要做餐馆呢，当一个偶像明星不是很风光很挣钱吗。

"餐馆客流很大，来自天南地北的人，可以让我更多地体验各色人生，这样才更有利于我的演艺创作。"

我又问他，仅仅是为了体验生活吗。

"当然还有更重要的，当演员总是给我很浮躁的感觉，我想过一种踏踏实实的生活。开餐厅让我找到了这种踏实。"

任泉为了找一种踏实的生活而开辟了一个新天地。濮存昕暂放本职，去做另外一项工作好像不是因为这个目的。2000年，他接受卫生部之邀，成为中国第一个出任"艾滋病宣传员"的公众人物。有记者问到他最初的想法，濮存昕说：

"我想我从小就有一种使命感。"

这种使命感促使着濮存昕用自己的影响力和感召力，号召全社会重视艾滋病，关爱艾滋病患者，并身体力行地从精神上或者经济上帮助艾滋病患者和他们的家庭，为此濮存昕还被评选为2002年度的"感动中国"人物。

张铁林也是大家耳熟能详的艺人，他客居欧洲多年，在西方影视圈里摸爬滚打数载，最终回国落脚北京，闲来无事就蜗居在家研习书法和搞收藏，用他的话讲是为了修身养性，为了在浮躁的社会洪流中不至于迷失了自己。与他有同样雅兴的影视圈名流不在少数，扮演周恩来总理最像的王铁成、扮演毛主席最传神的唐国强、还有20世纪七八十年代享誉全国的北京电影制片厂"三朵金花"之一的张金玲等，或在书法、或在绘画方面造诣颇深。张铁林的话，是不是可以囊括他们的选择初衷？应该是。

说起华语娱乐圈曾经最红的艺人夫妻档，莫过于王菲和李亚鹏，当他们二人还没有劳燕分飞的时候，一个是公认的乐坛天后，叱咤风云；一个是第一代青春偶像

作者采访八一电影制片厂著名导演翟俊杰

代表，第一代内地金庸武侠电视剧演员。金童玉女，珠联璧合，一边打拼各自的演艺事业，一边联手创办了中国红十字基金会嫣然天使基金，救助那些贫困家庭的唇腭裂儿童。到目前已经有来自全国各地的近万名唇腭裂儿童接受基金赞助，成功康复。他们还成立了嫣然天使儿童医院。在他们的号召下，每年的艺人慈善捐助已经成为常规行为，2012年5月的第四届"嫣然天使基金慈善晚宴"上，100位明星艺人云集，200位企业家倾情竞拍，筹善款5400万元。

京剧荀派传人孙毓敏宝刀不老，年过半百接手北京戏曲学校校长一职，言传身教，传承经典；歌唱家朱明瑛、舞蹈家陈爱莲更是自己开办学校，教书育人，培养后代……

其实，在北京，像以上诸位身在娱乐圈，又身兼诸多社会之职的艺人，数不胜数。

明代作家吴承恩的《叶太母挽诗序》其间有句："硕果登矣，然后艺人始息。"这里的艺人指的是耕种的人。

艺人更为普遍的解读是有才艺的人。宋代孟元老著《东京梦华录·宰执亲王宗室百官入内上寿》，里面有这样的语句："艺人或男或女，皆红巾彩服。殿前自有石镌柱窠，百戏入场，旋立其戏竿。"清代俞樾著文《茶香室续钞·妇人裸扑》，也有这样的描述："召诸色艺人，各进技艺。"

艺人曾经还专指戏曲、曲艺、杂技等演员。

现在艺人的含义则是一种泛指：利用自己本身的技艺与才能来娱乐他人，以赚取报酬之人的一个总称，包括多种娱乐工作者，例如歌手、演员、模特儿、舞者，甚至不在台前的配音演员等也都属于艺人。

但这些解析，对北京当下好多艺人似乎都不合适，他们是艺人，却又是普通人，更是身担道义、肩扛责任的人。

北京名人

在中国，没有哪一个城市的名人数量能比得过北京。

北京的名人多到"泛滥"。上至国家政要，下至环卫工、售票员；从工、农、兵、学、商，到科、教、文、卫、体，信手拈来，全是名人。究其原因，自是因为北京作为首都，有着得天独厚的地域优势。

北京各届名人我接触过很多。

2012年的伦敦奥运会，让一个人的名字又出现在了某些媒体的版面上，他自2008年北京奥运会之后，似乎不怎么再抛头露面了。但要知道，这位老人可是中国奥运史上最重要的人物之一，他是中国体育产业、奥运产业之父，他还是国际排联主席。这个人就是魏纪中。有一年，中央新闻纪录电影制片厂准备筹拍已故名人王选，我被选为编剧，走访了很多王选的故人，其中就有魏纪中先生，他们是同乡兼校友。原以为老先生声名远播，事务繁忙，时间一定有限，谁想打电话预约非常顺利，当天即成行。见面后，老先生亲切倍至，先给我们一人一张名片，名片上没有任何头衔，只有名字和联系方式，没用秘书也没用什么工作人员，又亲自给我们泡了茶。一杯香茗在手，我们的拘谨感顿消。落座后，老人开始说起王选旧事，娓娓道来，事无巨细。一个多小时的采访，中间多次被电话打断，看得出老人非常繁忙，但是，他很有耐心，一直等我们把所有的问题问完，又亲自送我们到电梯口，还替我们按下按钮，电梯门关闭的瞬间，他一脸微笑，摆动双手向我们告别。

现在想来，和这位名人的接触都是那么难以想象。

于蓝，这个名字无论何时都会在中国电影史册中熠熠生辉。她是中国影视作品中第一位出演英雄江姐并塑造最为成功的人；她是令人瞩目的新中国"二十二大明星"之首；她是新中国儿童电影事业的奠基人和领导者，一手创立了中国儿童电影制片厂；她还是第五代导演的翘楚人物田壮壮的母亲。因为录制电影频道几次节目，和于蓝老师有了多次接触。她六七十平方米的家可以这样总结：空间狭小，陈设简单，环境整洁。家中没有任何昂贵的电器，最为时尚的是一台清华同方的老式台式电脑——这是孩子们淘汰下来的，老人家拿来锻炼手指灵活脑子的。当我第一次走进她家的时候，真有些不敢相信，这么大牌的人物，居家怎么可能这么简朴。但事实恰恰如此。

后来，我创作了一个剧本，怀着揣揣不安的心情请于蓝老师指点，她欣然戴上老花镜仔细阅读。读罢，她眼圈有些湿润，说："不错，有生活。"随后，老人中肯地提出了几点建议。在我修改后，她又欣然提笔给时任中国电影集团总公司策划部主任史东明（电影《十面埋伏》等策划）写了推荐信，信笺工工整整地装在一个牛皮信封里，封面上写着"东明亲启"。

那时，我仅仅是一名刚刚走出电影学院的无名小卒。

在中国电影界，谢铁骊同样声名显赫，地位非同一般。他曾任中国电影艺术家协会主席等职。14岁就参加了新四军，是中国目前唯一的红小鬼出身的大艺术家，受到过周恩来、邓小平、江泽民、胡锦涛几代领导人的亲切接见。我们第一次和老人见面，他居然穿着一件大概已经有三四年历史的、田间地头农村老头儿穿的那种白色老头衫——摄像事后说："天哪，朴素得不敢相信！"可事实就是，老人就穿这么一件背心，站在客厅里一脸微笑地迎接我们，俨然北京胡同里一位再平常不过的老大爷。那天的采访是为了做另外一位电影演员黄小雷的专题片，因为黄小雷多次出演谢导的电影，所以想请老人谈谈对黄小雷的看法。当采访开始以后，谢老问我们是否需要打灯，我们说需要，他立刻转身去关掉了空调，解释说容易跳闸。而后，老人家又认真地问我们需不需要把窗户打开。我们有些受宠若惊，急忙表示没关系。整个采访过程中，老先生没有半点高姿态。

已经仙逝的李健老师也是名人。她塑造的很多"奶奶"的形象想必大家都耳熟能详，尤其是在电影《小兵张嘎》里塑造的嘎子奶奶更是深入人心。中央电视台电影频道播放的关于李健的专题片《青春红颜演绎白发人生》就是我制作的。老人家一生不追名逐利，视功名利禄为粪土，认真演戏，真心待人。她家门外的楼道里堆放着一个木箱子，看似陈旧，从上面别致而少见的花纹和老式的零件上可以看出其年代的久远。一问才得知，那居然是20世纪初用的冰箱，近百年的一个物件——老人的丈夫出身满族正黄旗，祖上曾有着显赫的地位，门口挂旗，文官见旗下轿，武官见旗下马——那个汉白玉旗座后来还在，就被李健老师堆放在北影小区的街心花园里。

"老人不看重这些，她就喜欢演戏。"李健老师的孩子们这样说。

诗歌《相信未来》曾经改变了整整一代人，以其深刻的思想、优美的意境、朗朗上口的诗风让人们懂得了在逆境中，怎样好好地生活，怎样自我鼓励，怎样矢志不渝地恪守自己对明天的承诺。这首诗歌的作者是老诗人食指，他一度被称作"知情诗魂"。现在，老先生和夫人就住在北京北五环外一处普通得不能再普通的居民楼里。狭小的居住空间，朴素的生活起居，阳台上，还养着一只老母鸡，每当有年轻人登门聊诗歌，老先生都会兴致勃勃，诗意不减，丝毫没有光环笼罩。

一位故人刚刚走马上任国家交通运输部党组书记，他就是杨传堂。当年，他在德州地区行署任专员的时候，我正在德州做记者，多次跟随他外出采访。每次采访结束，采访稿件杨传堂专员都要亲自过目，每次都会增删一些文字，严谨之风可见一斑。再后来，他去西藏任职，而今已是国家领导，可喜可贺。

北京名人多吗？多！

可这些北京名人大概从没把自己当作名人，他们普通、平凡，就是北京人的一员。

注：此文发表在《北京纪事》2013年第2期。

第三章

北京心语

北京，北京

现在回想起来，我挺佩服自己的，因为我是在"非典"肆虐的2003年，毅然决然来到北京的。真不知道当时哪来那么大的勇气。

那时，我还在鲁西北一个三线城市从事新闻工作，人生正值风生水起：工作上获奖无数，荣誉加身；年纪轻轻已经被提拔重用，成了诸多同辈中最早的科级干部；购置了位置优越、宽敞明亮的房宅，等等。可能也正是因为这些，使得自己飘飘然不知所以然，萌生了来北京发展的念头，而且，居然不顾所有人的反对，毅然决然地辞职北上。

时逢冬日的黄昏，站在北京站前广场凛冽的朔风中，仰望不远处炫彩的霓虹，暗暗告诉自己：要做一个北京名人。

北京名人是什么样的呢？

其时不详。

有幸接触者日渐增多，从中国体育产业、奥运产业之父、国际排联主席魏纪中，到新中国儿童电影事业的奠基人和领导者、著名表演艺术家于蓝，再到曾经的央视一姐倪萍，还有诸多的影视界红星，不一而足。接触越久，发现这些名人越不是"名人"，他们平凡之极，普通到底：魏老会亲自送无名小记者到电梯口，并主动帮忙摁下电梯；于蓝老师没有任何首饰，从来都没有佩戴过，她会不遗余力地提携年轻后辈；因在电影《小兵张嘎》中饰演奶奶而闻名遐迩的北京电影制片厂老演员李健老师，在每年重阳节，都要亲手制作八角的幸运星送给小区里的清洁工人，逐一地送；曾任中国电影艺术家协会主席等职的谢铁骊，会穿着一件大概已经有三四年历史的、田间地头农村老头儿穿的那种白色老头衫接受记者采访；著名作家、编剧、导演石钟山老师会带病参加北京一个区作协的工作座谈……

是的，来北京，才发现这些名人其实大多普通且平凡，是沧海一粟，是大海一滴，根本不以名人自居。才明白泰戈尔说过的那句话：

"当我们是大为谦卑的时候，便是我们最近于伟大的时候。"

来京后应聘的第一份工作是中央电视台电影频道一档人物纪录片栏目的策划，因为是朋友举荐，还以为立刻就能走马上任。等到了节目组，才发现只是一次应聘，同时应聘的还有五六位，他们当中既有中国传媒大学研究生，也有20世纪80年代红极一时的北影厂大导演的后代，还有一位带着厚厚一摞实践资料表。相比之下，感觉自己任何优势都没有，内心顿时萎顿，递交了简历和一档栏目文案就黯然离开了。在回住处的公车上，望着外面熙攘繁华的街景，心情有些抑郁，脑海里蓦然冒出打道回府的念头：在三线城市虽然可能会碌碌无为，但终究衣食无忧。正暗

北海白塔

自愁肠百结，忽然手机响起，居然是制片人打来的，让我马上返回。我欣喜异常地急忙下车返回，一见面，制片人就问为何中途而废，我把想法坦言相告，制片人一脸严肃：

"记住，在北京，什么都不看，只看能力，你做的文案最专业、最有深度，所以只有你留下了。"

是的，很戏剧的结局。

这个结局，意外且惊喜，更让我牢记一点：在北京，能力才是资本。

那个纪录片栏目一做数年，直至频道改版，节目取消。期间，曾多次被友人相邀参加一些晚会制作，也都是披荆斩棘，力"排"众人，一做到底。

多年后，我回地方老家，顺手骑了一辆共享单车去和友人相聚，席间一人忽然问："刚才大街上骑车的人果真是你啊？"

对方好像很是诧异：

"不应该啊，你在北京混得这么好，怎么会骑个车子在大街上溜达呢？"

说得我哑然。我心想，怎么就不可以骑个车子到处溜达呢？难道老友相聚非得宝马香车才算衣锦还乡吗？

好在这个话题很快被其他人打断了，他们说到我的发展都是溢美之词，其中有人就嬉笑着探问：

"你小子在北京风生水起，一定是有背景啊，快说，靠谁？"

哦，靠谁呢？

这么多年，从没有想到过这个问题，每接手一项工作，只是想着使出浑身解数拿出最好水平，所以每每博得赏识，手头的工作也一个接着一个。但是，跟朋友这样说，他们一定不会相信的，因为地方处事原则中最重要的一项就是裙带关系，没有裙带几乎就没有发展。想不出怎么回答，只有顾左右而言他，应付了事。等到回京途中，再次想到这个问题，也豁然开朗地想到了答案：

在北京靠谁？靠自己。

人人都仰望北京，但是，几乎人人都说北京生存艰难，艰难在哪里呢？在这个地方没有繁复的人际交往，更没有那些琐碎的裙带勾连，有的只是能力高低见分晓。

只是，当我人在地方，混淆在裙带之中的时候，我并没有明白这个道理。

人往高处走，水往低处流。说的是一种人生追求，其实也是一种积极的人生状态。

早些年，很喜欢听汪峰的《北京北京》，仅是喜欢其旋律和演唱风格，现在越来越喜欢它的歌词：

> 当我走在这里的每一条街道
> 我的心似乎从来都不能平静
> 除了发动机的轰鸣和电气之音
> 我似乎听到了他蚀骨般的心跳
> 我在这里欢笑
> 我在这里哭泣
> 我在这里活着
> 也在这儿死去
> 我在这里祈祷
> 我在这里迷惘
> 我在这里寻找
> 在这里失去
> 北京北京
> ......

来京15年了，明白的越来越多。

感谢北京。

注：此文发表在《北京文学》2018年第12期。

走过北京的桥

2003年，"非典"横行，我辞职北上来北京电影学院读书。那时，我压根儿没有奢望能够在北京城购置房产置办家业，认为那是遥不可及，想都不敢想。

北京电影学院没有给我们这届升本的学生提供住宿，同学们都在校外租房住。条件好的，住在地上，条件差点的，就"蛰伏"在地下旅馆的地下室。

当年，在北京城各个小区，有大大小小的地下室旅馆，只要进入任何一家地下旅馆，旅馆老板都会热情洋溢地介绍：条件不错，冬暖夏凉。北京的地下室的确冬暖夏凉，但永远潮湿无比，而且进入房间就要开灯，一旦关灯，随即恍若进入漫漫长夜，名副其实的"永无天日"；到了夜间，你尿急小解，开门走向公用厕所，在幽长低矮的走廊里，昏暗的灯光闪闪烁烁，你恍如走在罪恶的深渊或是地狱，自己会把自己吓得毛骨悚然。在地下室里待上几个小时，再回到地上，如果阳光灿烂，定会幸福得眩晕——眼晕。

我"蹭住"的地方在一幢居民楼的十楼，阳光绝对照射得到。本来自认为幸运，但"不幸"接踵而至。借住的地方是一家公司的职工宿舍，六平方米的房间里住了四个人。公司业务清闲，员工们每天晚上都要一边看电视一边天南地北地高谈阔论，每每有热闹的话题，一定邀我参与，听我"高见"，弄得我根本无法静心写作。而且，他们精力旺盛，不过午夜不睡，我想早睡也不可能。好不容易睡下，房间里的鼾声已是此起彼伏，兼有磨牙声互相呼应，有一位还隔三差五地说梦话，声音激越，情绪昂扬（第一天晚上，这位仁兄就用家乡话说了一段训斥人的话，把我吓出一身冷汗）。我每天晚上都梦见一排排巨齿在咬噬身体，不然就身处狂风骇浪之中，噩梦连连；早晨醒来，恍若重生。一开始，我还告诫自己要挺住：北京不是山东的家，不会有三室两厅的房子供我享用，这么一个小困难都克服不了，以后何以在北京立足啊？苦尽一定甘来，坚持就是胜利。但是，坚持半月有余，我已是形销骨立，眼圈发黑，宛如一只仓皇逃命的国宝。我终于忍无可忍，把床位搬到了阳台上（经过几天考察，我发现这个地方是房间里最清净的场所）。室友们善意地开玩笑，说："做过领导的人就是有眼光，会享受，走到哪里都要单间待遇。"我报以苦笑，心里盘算着：到冬天我要盖几床棉被呢？

从住处到学校坐公共汽车要40多分钟，中间还要倒车。北京的公共汽车也不"单纯"，同一路车，就有很多名堂：比如都是×路，但有的车上会注明"×支"，这一"支"就不一样了，本来坐×路可以到的站，坐"支"的就可能不到；再如，同样都是A路车，有的注明"区间"，这一"区间"就又有改变了。就这么复杂。初到北京，坐错车、跑冤枉路，那是很正常的事情。后来，我弄了一辆自行车骑车来回。整个路程需要50分钟左右，沿途经过十一座桥梁，其中有两座，需要

扛着自行车上去才能穿过。蔡国庆唱过"北京的桥啊千姿百态",我要唱:"北京的桥啊令人迷惑。"第一次骑车去学校,每到一座桥,我都要问一下该怎么穿过。到了西直门桥,我心存侥幸,没有再问,勇往直前,结果骑到了逆行车道上,差点造成几场事故,遭到几位不友好的司机师傅的探头谩骂,他们都气势汹汹无比轻蔑地质问:"会骑车吗?"我无奈又返回原路,重新询问,才走上"正路"。等走过西直门桥,看看表,用去了15分钟,叫苦不迭。

原来在地方工作的时候,从家到单位只有5分钟路程,刮风下雨还有车接车送。现在每日一早一晚长途骑车,体力不支,回到住处就想睡觉。一个月后,各个关节酸痛无比,窃以为得病,到医院一咨询,被告知是久不运动后突然加大运动量所至。那天,北京城狂风大作,暴雨如骤,乘车前往学校,竟昏昏睡去。睡梦中有人开车来接我,令我欣然,等到猛然睁眼,发现已经坐过了三站地。

其实,即使是这样,我也是比较幸运的:同学们中有的住在十多公里外的西三旗,也有的住在昌平,坐车来学校需要一个半小时。每天早起赶车使得那位来自大

颐和园十七孔桥

理的男同学天天没精打采，逢上课必打盹儿，坐在那里，腰板挺得很直，眼睛却是闭着的，睡梦中大概又回到了蝴蝶泉边；有位女同学有天为了不耽误上课，打出租车来校，车费48块，心疼得她说了好几遍："同志们哪，花费了我一星期的伙食费啊！"于是，她被大家推举为遵守纪律的模范。

我到北京以后，整个人也脱胎换骨了：筋骨得到了锻炼不说，皮肤也粗糙了，同学们说更像山东大汉了（我很奇怪：山东大汉的皮肤就代表粗糙吗？纯属"污蔑"），关键是小痘痘多起来了，怎么洗都不起作用。有一重庆的男同学来京两年，他说在此之前他的皮肤比我的还要白嫩，但是被北京的风沙给彻底改变了，他劝我听之任之吧。这位同学的话让我惊愕不已：他现在的脸整个是块"痘子地"，布满了饱满的、红艳的"青春美丽疙瘩痘"和富有深意的小坑坑，实在令人难以想象往昔的风采。

那时，我根本顾不上我的脸在经过"磨砺"后会成为何等的"尊容"，只想着尽快在北京城立足，找到借以生存之所。

我在心里说，听说北京的风沙很大，没关系，要来就来吧！就像北京的桥，尽管像迷魂阵，不也是说过就过了吗？最多是费些周折，过程就是欣赏！况且桥那边都是风景独好。

我在心里说，等待着体会北京的风风雨雨。

后来，我等到了，体验到了，很感谢这些风沙。

如果没有这些风沙，可能我还真的会迷失在帝都灯红酒绿之中，风沙让我知道幸福来得艰辛，让我知道珍惜；

如果没有这些风沙，可能我也会飘飘然远离人生的航向，风沙让我一直砥砺前行，初心不忘，不骄不躁，开心又有收获。

现在，我坐在北京自己的家中，很欣慰。

哦，还是应该感谢北京的桥，我在桥这边，永远仰望桥那边的风景，所以，为之不停地在风沙中前行。

注：此文发表在《北京纪事》2009年第12期。

从北京遥望故乡

从北京遥望故乡，我经常想到茄子把儿和菠菜根儿。

现在，这两样东西好像已经不会出现在餐盘里，在清洗的过程中就可能被剔除了，但在我的儿时记忆里，这两样却是非凡的美味。

20世纪70年代中期，我出生在鲁西北一个小乡村。那个村子离县城百里之遥，而且地处三县交界，偏远闭塞，直到20世纪末才有了自来水、电和马路，经济贫困，我家也不例外。虽然父亲在县城一家工厂上班，每月有27块钱的工资，但对一

故宫角楼

十七孔桥

个老老少少八口之家来说，显然是杯水车薪，累月不见荤腥是常有的事情。祖母心思巧密，有一次炒了一盘茄子，在刚刚把菜放在桌面的时候，就眼疾手快地从盘中夹起一块酱色的东西塞到她宝贝孙子的嘴里。我一嚼，觉得劲道有味，还没来得及仔细品味，已然下肚，急忙问是何物，祖母说是肉。话音一落，我的几个姐姐举筷齐发，急急去盘中找寻，三姐有幸夹到一块，放入口中一嚼，直言根本不是肉，而是茄子把儿。话虽然这样说，但她神情却很享受，恍如真是美味在口。

那"肉"的确是茄子把儿：祖母把茄子把儿上的皮剔下来，略微晾晒，再加点自制大酱浸泡一下，炒出来后，在色泽和口感上就极其像肉了。

虽然知道了祖母的秘密，但我还是开始期待吃茄子，每次去自家菜地里摘茄子，我总是小声抱怨为什么茄子不只是长把儿呢，要是一个茄子只长把儿的话，我得有多少"肉"可以吃啊。

祖母做菜用作肉的替代品还有菠菜根儿：菠菜根儿洗净连同叶和茎一起入锅翻炒，颜色会更加粉嫩，掺杂在一片绿色中，朦朦胧胧中恍若瘦猪肉。吃饭的时候，祖母还是偏袒我，总是很艺术地夹起一块粉嫩的菠菜根儿和一片翠绿的菠菜叶，色泽搭配上极其诱人，塞到我的嘴里，逗引我喝下那一碗极其难咽的、一年到头也喝不完的玉米糊糊。

在我的幼年时期，吃下了多少茄子把儿和菠菜根儿呢？

无从计数了。

后来，我考取县重点高中，离开了那个小乡村，接着又考上大学，离开了我们县城。

大学食堂里倒是经常有茄子和菠菜做的菜肴，但几乎见不到茄子把儿和菠菜根儿了。偶尔粗心的大师傅也会把菠菜根儿和茄子把儿遗留在菜里，别人都挑拣出来

玉泉山塔

扔掉，我却吃得如同美味一般。新结交的女友每每对此很是不屑，我却坦然，倒是对女友某些吃饭习惯不敢苟同：肉仅吃瘦的，一块五花肉非要仔细地把肥肉剔除；吃包子总剩一点包子皮，等等。日久天长，彼此就生了嫌隙，等到临近毕业，终于劳燕分飞。听说，她一毕业就嫁为人妇，转眼就生子，好像也很幸福，那是后话。

走出大学校门，我通过招考进入一家地市级电视台，远赴市里上班。有时会在单身宿舍里搭伙做饭，茄子把儿和菠菜根儿就经常出现在菜肴里，同宿舍有三位同事，两位对此不解，只有一位老兄每每和我一样，把茄子把儿和菠菜根儿咀嚼得津津有味。这位柴姓老兄本来在某企业当装卸工，天生有一副好嗓子，又爱好播音主持，硬是凭这两样儿鱼跃龙门，考进我们单位当了主持人。台内众多主持几乎都是科班出身，每每相聚话题多多，似乎只有他"曲高和寡"，形单影只。更有甚者，每次台内聚餐，他都会在众目睽睽之下大大方方地把剩菜剩饭打包带走，引得相当一部分潮男潮女交头接耳。平时，他好像也就和我相谈甚欢。出人意料的是，几年后，这位仁兄居然炒了单位鱿鱼，在众人一片诧异声中辞职去了省台高就。临行前，我们在宿舍把酒言欢、对月当歌，下酒菜里恰有我做的素炒菠菜，一片翠绿中隐隐显现的是粉嫩的菠菜根儿。我们吃得津津有味，聊得乐不思蜀。

柴兄在省台很快成为一个栏目主播，风生水起。

再后来，在一片钦羡中，我被选调来中央电视台，柴兄得知后在电话里寥寥数语：

"一如既往，相信你小子能行，好好干。"

来北京后，因为工作缘由，得以和银幕上仰慕的那些人频繁接触，每每兴奋，也有些惶恐，唯有踏踏实实、尽心竭力把每期节目做好。

一年一次的影人大联欢是中国电影界一项盛事。2009年的联欢晚会在北京饭店举行，我作为晚会导演组成员，晚宴上有幸和谢铁骊、于洋、于蓝等中国著名老艺术家们同席，品味着一桌佳肴，老艺术家们不知怎的就遥想起当年在延安的生活，今昔对比，感慨万千。谢铁骊老师还特意告知大家，隔壁的牡丹厅，就是"开国第一宴"周恩来总理宴请众宾的地方。

席间有一道小菜是凉拌菠菜，连根儿带叶，我夹取了一个菜根儿，中途掉在桌上，我只得从桌面上再次把它夹起送入口中。此举恰被身边的于蓝老师看到，不住地冲我点头微笑。不久后，因为一期节目的需要，我登门采访于蓝老师，一见面，她就说认得我，一边说一边还把我的手抓在手里，轻轻拍打，说：

"现在知道勤俭的年轻人不多了，应该时刻保持勤俭，不错的。想当年……"

老人的溢美之词说得由衷、诚恳，但我并不飘飘然。没什么的，从那个偏远的小乡村到皇城根儿下，一路走来，自己一直如此。

菠菜根儿的味道就是生活的味道。

注：此文发表在《北京文学》2014年第2期。

北京不需要匆忙的心

2003年，准备来北京发展。北京的朋友奉劝我，还是不要轻易放弃地方优越舒适的工作，因为北京的舒适度远远不如地方，在北京生活需要一双奔波的腿和一颗匆忙的心。

人生于世，难免东奔西走，疲于应付，自然需要一双奔波劳碌的腿，可为何心也是匆忙的呢？

有些不解。还是毅然决然地辞职北上，来到了北京。很快，这种疑惑就被现实消解。

那时候，我临时租住在西三环的紫竹桥，工作单位却是在北三环的蓟门桥，事先我对直线距离做了估算，又根据行车路线对时间做了预计，然后在第一天上班的时候，我根据估算的时间赶到公共汽车站，等来了公交。一开始我气定神闲，还不忘观望沿途风景，但很快就坐不住了，因为红灯，因为堵车。眼看时间过半，路程却还遥遥。第一天报到总不能迟到吧，迫不得已我中途急慌慌下车，准备打出租。谁料想从我面前驶过的出租车一辆辆全是载客，耗时近二十分钟，终于等到一辆。我心想这应该比公交快，但结果却照旧，幸亏出租车师傅熟悉路况，左拐右绕，总算没有误时太多。等我气喘吁吁、心神不定地站在办公桌前，同事预料之中似的笑呵呵说，在北京诸事都要赶早，都要匆匆而行，万万不能再以地方速度来行事。我频频颔首，内心惴惴。于是，我之后再出行就特地预留出堵车时间，但误时的囧事照旧出现，因为北京的公共汽车很不"单纯"，同一路车，就有很多名堂：比如都是×路，但有的车上会注明"×支"，这一"支"就不一样了，本来坐×路可以到的站，坐"支"的就可能不到；同样都是A路车，有的注明"区间"，这一"区间"，就又有改变了。如此复杂，初到北京那段时间，我坐错车、跑冤枉路，频频发生。

后来，为了省去这些麻烦，干脆买来一辆二手自行车，骑车来回。整个路程需要五十分钟左右，沿途经过十一座桥梁，其中有两座，需扛着自行车上去才能穿过。蔡国庆唱过"北京的桥啊千姿百态，北京的桥啊瑰丽多彩"，对我而言，则是"北京的桥啊令人迷惑，北京的桥啊令人烦恼"：第一次骑车去单位，每到一座桥，都要问一下该怎么穿过。到了西直门桥，心存侥幸，没有再问，勇往直前，结果就骑到了逆行车道上，差点造成几场事故，遭到几位不友好的司机师傅的探头谩骂，他们都气势汹汹、不屑一顾地大声斥责："会骑车吗？"

会骑车，但真不会过桥。

我无奈返回原路，重新询问，才走上"正途"。好不容易绕过西直门桥，看看

电视塔

作者与著名军旅作家、导演石钟山合影

表，用时整整一刻钟，叫苦不迭。

一颗心还不仅仅为此匆忙。

制片人刚刚布置下一个文案策划，我暗自信誓旦旦摩拳擦掌要做得精彩绝伦、引人注目，又是跑国图查阅资料，又是带着录音笔走访故人做调研，等到我风尘满面、疲惫不堪但信心满满地坐下来准备长篇大论、大书特书时，却被告知，文案已经被其他同事做出来了，徒留我一脸愕然。时间就是效率，时间就是业绩，想不急都不行。

匆匆复匆匆，双腿行走的疲惫都不及心匆忙的劳累。虽然事事还算如意，但真真是身心疲惫，整个人很快"脱胎换骨"：柔密的头发变得稀疏且枯脆，本来是风度翩翩的白面书生，现在成了黑脸的包公，脸上布满了水土不服生出的小疙瘩。

每每夜深人静，把肌肉酸痛的躯体放倒在床上，下意识抚摸胸口，我告诫自己不要太紧张，不要太匆忙。但一待睁眼，诸多事情脑海一过，内心根本无法平静，更难如水。

如此以往，两年时光转瞬即逝。一次出差途经山东，顺便回家探望。时值深秋，天高气爽，家门口一株梧桐正落叶翻飞，做生命最后之舞。忽然感觉画面生动，脑海还浮现出"枯藤老树昏鸦，小桥流水人家"所刻画的幽然意境。随口对同行的助手说，没想到秋天的落叶竟然这样美。助手是个90后，爱旅游，一年中有一半时间天南地北地飞，一听我无由地赞美这棵老气横秋的孤树，登时双目圆睁，满脸诧异：

"北京的任何一所高校，诸如理工大学、北京大学、工业大学等，都有这样的梧桐，成排成行，气势磅礴，逢到秋日，遍地风采，岂是这一棵能比及，难道你就没注意过吗？

"北京西山的红叶年年此刻漫山遍野，如火如荼，难道你没去看过吗？

"钓鱼台国宾馆外的银杏树现在也正一地金黄，一片阑珊，如诗如画，好多外国人都慕名去那里取景留念，难道你就没有去拍过照片吗？"

一连串的追问让我汗颜，因为他所说诸景我真的没有看到过。细想一下，就是祖国的心脏——天安门广场，好像我也没有好好地去走一走、转一转。

"你太争强好胜了，事事要求出人头地，一味奔波劳苦，哪有心去欣赏、去品味，现在回到家，心情放松了，在这毫无景致可言的地方，反而被你看作秀色可餐了。"

一席话，醍醐灌顶。

那次出差归来，走出北京站台，已经是夜色斑斓。走在车站广场外的过街天桥上，偶然扭头看去，十里长街，霓虹闪烁，车灯迷离，宛如游动的长龙，玲珑剔透，流光溢彩，妙不可言，美不胜收。想起曾多次在摄影图片中见过如此美景，不料自己一直就身处其中。

看风景的人站在楼上看我，我却忘了站在桥上看风景。

那颗匆忙的心真的蒙蔽了我的眼睛。

于是，开始让心放慢速度。

才发现住了两年的楼下居然就有一株皎皎红玉兰——多年前在从维熙的《大墙下的红玉兰》中获悉玉兰花有红色的，就一直想看看是怎样的红，没想到虽在咫尺却一直无睹；

才发现在没有雾霾的黄昏，从办公室远望西山，一线如黛，云缠雾绕，宛如写意山水，望之不但心胸顿然开阔，还想起老舍先生曾在《北平的秋》里细致地描绘过的瓜果桃李："皮儿又嫩，水儿又甜，没有一个虫眼儿，我的小嫩白梨儿耶……"想着想着，鼻子里仿佛真的嗅到了那些有灵性的水果的芬芳。

才发现偌大的北京城虽然现代却依旧包容着传统，杂糅拼贴，正肆意展示着后现代艺术的独特风格。虽然拥挤嘈杂却仍然敞开怀抱迎接四海宾朋，凸显着国际大都市的大气磅礴。从海淀到西城、从朝阳到昌平，处处皆有风景怡情，身心也时时充盈着欢愉，欢愉又带来了信心，信心则让事半功倍。

才发现虽然心不再匆忙，脚步却并没有停止奔波，反而是心静如水，使得虑事更为缜密，计划更为周详，行动更为迅捷。

原来，在大都市生活需要的并不是急躁，而是淡定；北京需要的也不是匆忙，而是从容。

原来，人生于世，不应只追求结果，更应珍惜过程，心静如水，气定神闲，漫漫人生路才会鲜花遍地，风景无边。

注：此文发表在《北京文学》2015年第6期。